孤寂的名字

曹文 著

揭諦揭諦，波羅揭諦，波羅僧揭諦，菩提薩婆訶。

目次

日一

我見過他嗎？

思漢還沒有到，我先走進約好的咖啡廳，店內熱鬧非常，人聲鼎沸，雖然沒有客人排隊，但是每位服務生似乎都很忙，沒有注意到我走進店內。我隨意環顧一下四週，簡約設計的店面，卻有溫馨的感覺，尤其是兩扇落地窗透進的陽光，讓店內很有溫度。

「歡迎光臨，您好，請稍坐，不好意思馬上過來。」一位親切的女孩從吧台後方看見我，大聲向我招呼。臉上掛著如窗外陽光般的笑容。

我就著門旁的矮沙發坐了下來，感受店內流動的愜意。不一會兒，另外一位女孩向我走來，親切地問候我是否有訂位，我說了我的姓名，他笑容滿面地拿給我一本菜單並請我先看，表明正在整理我的位子，馬上就好。

我翻開他們精心製作的菜單，腦中閃過的，是剛才在捷運上對望的那雙眼睛。

我見過他嗎？

不知道他盯著我看了多久，只知道我看完手機的訊息後一抬頭，就看見他直視我的雙眼，有種熟識卻又充滿疑惑的感覺，但是沒有任何敵意。

我有點膽怯地移開視線，像是做錯事的小孩被人發現。

他是誰？我見過他嗎？我的腦中快速搜尋各種過往記憶，沒有任何蛛絲馬跡可以將我拉出此刻遺忘了對方的窘境。我故作鎮定緩緩地轉頭回望，他的雙眼依舊無懼地凝視著我，這種肯定的眼神，讓人很難輕忽。

我見過他嗎？我見過他吧？我開始覺得，我一定見過這個人。

我想起電視劇的情節。

到站後，步出車廂前，我特別轉頭看了他一眼。發現他也起身，跟在我身後。通常，我會快步走電梯的左側，不喜歡緩慢搭乘電梯。不過這次，我刻意靠右站立讓電梯緩慢上升，看他是否跟上。

他在我後方，兩步之遙。

抵達一樓平面時，我轉身走往洗手間。我以眼神示意他方向。

走進洗手間後，我走向最內側的廁所間，轉頭看了他一眼後迅速入內，將門輕輕靠上。他迅速跟著進入，隨手將門關上。

我們立刻緊緊相擁，像是久別重逢的情人。

「不好意思，我遲到了。」思漢氣喘吁吁滿頭大汗地站在我面前。「沒有，你沒遲到，是我早到。」我順手將菜單翻了一頁。「我也才正要開始研究菜單上有什麼好吃的，你就來了。」思漢點點頭示意那就好，然後就往洗手間方向走過去。思漢很會流汗，每次見面都是汗流浹背的樣子，所以總要先去洗手間整理一下。

思漢從洗手間回來時，我已經被安排坐在一個靠窗的位置，桌上已經放了兩杯水以及兩本菜單。

「好久不見了，你媽媽好多了嗎？」思漢坐下後，喝了一大口水，等不及地開口問候。

「好多了，謝謝。」我微笑看著這個認識將近二十年的朋友，一股暖意上心頭。「開完刀了，現在家中休養，有請了看護陪著，所以我才能出來透透氣。」

「那就好。這些日子你一定累壞了，一定要找時間好好休息。」

「我會。沒事。」我微笑點頭。

思漢是個多情浪漫的人，生活重心幾乎都以愛情為主。認識這麼多年，每次聊天的話題，不外乎是感情的喜怒哀樂，有曖昧不明時的羞怯與矜持，有熱戀時的甜蜜與無悔，有失戀時的痛不欲生。他的人生，剛好是愛情各種階段的加總。

前一陣子由於失戀，他也算是消失了好一段時間。將自己關在家中，每天除了以淚洗面之外，更是借酒澆愁，天天將自己灌醉，追求酒精麻痺後的無痛知覺。身為朋友的我，能做的不多，只能儘量安慰他，聽他哭訴，勸他少喝些。然後靜靜等他，等他走過情傷，他就會願意再見我們這些朋友。這是思漢處理感情的模式，因為善良，加上天性不喜歡麻煩他人，所以他總會在受傷時，找個地方安靜地躲起來，自己努力地舔舐傷口，孤獨地與自己奮戰。他明白，這條復原之路，沒有人能領著他走過，唯獨自己想通。

雖然我懂，但每次看他這樣自殘，心裡總是不捨。

沒想到這次當他走出閉關時，我卻因為在醫院照顧母親無法與他見面。所以就這樣一晃眼，我們也有將近兩個月沒見面了。

「你呢？好多了嗎？」我知道這些日子，我因為母親住院的關係，他也不敢與我談心事，每次電話都是單方面的問候我，輕描淡寫地說自己很好。我雖然懂，但的確也無暇及無心多作關懷，所以多少內心有些愧疚。

「沒事了，已經想通了。」他露出無奈的笑容。我知道他仍在努力。

「我們原本就不適合吧。雖然我早就知道，卻不願意面對。這一切都是我的錯。」

「別這麼說。」雖然我心裡清楚知道，思漢慣性地會將感情問題歸結到自己的個性，但是每次聽到他這樣責備自己，難免無奈。

「是真的啦！我一開始就知道，只是……」思漢欲言又止。「反正過去了。」思漢聳了聳肩。

我看得出來思漢不想這時候還用感情的事來煩我。這是多年朋友的默契，也是他的善良。

「那就好。如果真的不適合，趁早看清楚，未嘗不是好事。」我們彼此需要找個新話題。

「我剛才在捷運上，有個人一直在看我。」我想起剛才無解的思緒。

「誰？豔遇嗎？」思漢眼睛一亮。

「如果是豔遇，我會在這裡嗎？」

「誰知道！還是你們有互留電話？」

「誰會沒事在捷運上互留電話啊？」

「那究竟怎麼了？快說。」

「你是否曾經有過一種將幻覺當成事實的狀況？也就是說，你因為想像某件事想久了，或者想得太過仔細，最後，你已經搞不清楚，它是否真的發生過？或者僅是一場幻覺？」

「沒有。我的幻覺如果都成真，現在應該會非常快樂。」思漢期待愛情，很容易可以想像他的幻覺內容。

「你難道沒有過曾經當你回憶往事時，突然有種不確定是否發生過的疑惑？究竟那是真實無誤的往事？還是單純曾經有過的幻想？」

「究竟在說什麼？」思漢被我搞糊塗了。

「我在說剛才捷運上的那個人。」我說，「我以為我和他一起進了捷運的洗手間廁所內，然後兩個人緊緊相擁。」

「真的嗎？太猛啦！」思漢瞪大雙眼。

「一點也不。這可能只是我的幻覺。因為我無法確定是否真的發生過。」

「什麼意思？發生過了就會有記憶啊。怎麼會無法確定？」

「這就是我剛才說的啊。就算沒有發生過，但是當你將幻覺想得過於澈底之後，它也會在你的記憶中留下痕跡。慢慢地，當你有天重新想起時，你將無法確認那只是你曾有過的幻覺或者是真的發生過的事實。」

「你的意思是，你曾經幻想過與那個人去捷運的洗手間？」

「我不確定是否與那個人去過，就像有時候夢醒後，很難記得夢中人的面貌。只有依稀的輪廓與熟悉的感覺。」

「那到底是怎樣？」

「我也不知道。」

真的。我也不知道。

「這樣的狀況已經好幾個月了。我已經分不清幻覺與事實了。」

思漢要我小心，可能是老年癡呆的症狀。我不置可否，我們倆都笑了。不當一回事。

離開咖啡廳後，思漢說天氣好，要去健身房。我說難得出門，要去誠品看看書。

「你別給自己太大壓力喔。」思漢離開前輕描淡寫的一句話。

一路上陽光明媚，我看見有人在公園裡追逐鴿子，鴿子在歡笑聲中成群飛起，凝結成一幅美麗動人的畫。

這句話前些日子也聽過，是姐說的。透過簡訊。當時病房外也是同樣的晴天。

那幾天母親住院，姐到國外出差，其他家人也有不能到醫院探病或照顧的理由，所以我只能連續請了幾天假在醫院照護母親。

醫院內的時間與季節是靜止的。沒有走近窗邊，時間僅是被護士巡房時的片刻所推進。

我已經習慣於母親近幾年頻繁進出醫院的情況。話雖如此，心中仍有說不出的埋怨。埋怨母親、埋怨姐姐們、最後是埋怨自己的無能。無能改變很多將我窒息的現實狀況。

所以明明是句關心的話，我聽著都覺得刺耳。彷彿這一切都沒有什麼，都只是因為我給自己太大壓力的關係。好像只要我不去想，所有事情就會不一樣。

鴿子飛起的瞬間，我的眼淚就模糊了視線。

我從來不是個愛哭的人。但最近，很容易有感觸，會莫名地紅了眼睛。

有過幾次，我以為父親從未離世，那只是我的幻覺。真實的情況是父親依然在世陪著母親，而我，卻因為二十多年前的荒謬自殘，早已過世。這幾十年來的生活，其實只是我不甘心就此轉世的鬼魂繼續糾纏於人世間的幻覺。

想像力是很驚人的。

因為無法扭轉自己的現況，只好假想出另一種人生，重新活過一次。

只是每次的重生，都必然會伴隨有人犧牲。蝴蝶效應，息息相關。

究竟那種狀況比較好？是父親活著照顧母親？還是我活著照顧久病的母親？

所以我的愛是虛偽的。否則怎麼可能心裡一邊說愛，一邊卻幻想他的辭世。

那種痛徹心扉的難過，在記憶中無法抹滅，應該是事實。不是我的幻想。

當時救護車載著父親奄奄一息的身體從醫院回家途中，我被囑咐著一路上要不斷地在父親的耳邊輕聲喚他，告訴他要一路跟好，我們回家了。我忘了當時是否有確實清楚地說。我只記得我一直哭，還有聽到救護車內各種機器的聲音。

即使父親的身體回到家中，即時當時的護理人員說要拔去他的呼吸器，即使當時家人都在一旁呼喊與哭泣，我都不覺得那是真的。

幻覺很可怕，如果你連這些細節都能具體的想像，你就成為幫兇，成為讓幻覺成真的幫兇。

思漢在聽完我不清不楚的幻覺理論之後，不想接續我的話題，自顧自地說昨天去泡湯，享受了一個奇妙的靜謐午後。

「今天忽然又放晴了，昨天明明就是陰雨綿綿的。這種陰晴不定的秋天很容易讓人沮喪。」思漢與我都有同感。他為情傷，我，無為。

「還好昨天趁機去泡湯了。是今年的第一湯。」思漢是個懂得享受生活的人。

「我知道啊。你的臉書有寫。雨連續下了幾天，趴在湯池邊遠望對面山上潺潺涓流的小瀑布，汙濁的溪水上竟有一隻白鵝緩慢自在的移動。雨斜亂飛，有種莫名的靜謐。」我點開他的臉書唸著。思漢是詩人。臉書上常常有美麗的文字分享。

「沒錯啊。真的很特別的場景。明明外面下著雨，風也不小，但是那隻白鵝感覺好愜意，完全沒有要去避雨的感覺。而我，就趴在透明無味的池水中，靜靜看著牠，體會牠的自在。」

思漢的生活常常是我的幻想來源。我喜歡聽他的分享，尤其喜歡各種小細節的描述。

那隻白鵝，倚著山腳邊，浮在黃土翻攪的溪流上，不疾不徐，迎著風，淋著雨。泡湯的熱度讓我不斷汗如雨下，整間大眾池只有我一人，平日的午後沒有人，少了無謂的煩擾。那隻白鵝是我，享受著大自然的恩惠。亦或我是那隻白鵝，無視週遭的紛擾？

思漢因為知道我最近心情不好，所以總會挑些有趣的事來分享。每次與他見面後，我總多了好多畫面可以讓我暫時逃離現實的生活。

「難得出門了，就不要想太多。」思漢偶爾還是會說這樣的話提醒我。

而我就會掛念起尚在家中臥床的母親。

走在陽光點點灑落的林蔭小徑上，我努力吸取每個靈動的畫面。即使是坐在公園椅上輕鬆吃著披薩的外國人，都讓我羨慕不已。

難得出門了，我也會這樣提醒自己。

多少年前，我也曾經在草地上野餐過。當時學校盛行在草地上野餐。東海大學，在相思林還可以撿拾到許多相思豆的時候，在男生宿舍尚未蓋起新大樓之前，在外文系後方小橋上依舊流傳著鬼故事的時期。

我們多次會趁著午休課間，邀約三五位同學，各自分配好攜帶的食物與野餐道具，會到女舍門外通往東海湖的大草地上，扮起附庸風雅的歐式野餐。那時無敵的青春比陽光耀眼。

我的初戀、我的心碎、我的摯友，當時都未覺現實生活的殘酷，只有瀟灑的恣意，只有為賦新詞的哀愁。

「有想過畢業後要做什麼嗎？」我隨口的一句話，雖然仰望著藍天，看不到未來。

「我要去考人類學，我想去發掘《金枝》裡面的世界。」小黑理所當然的答案。這是我喜歡他的原因，大男孩般的單純無畏。

小黑是我的初戀，我們的愛純粹，卻也愛得糾結，愛得躲躲藏藏。當時我們都沒有發覺，或者不想去正視，我們各自的未來中，都沒有彼此的存在。

野餐中最常出現的主食是自製三明治，學生時期的我們，宿舍中沒有廚房，最簡易的料理就是煲湯以及罐頭輕食等。那時候好快樂，簡單的幸福。

雖然當時小黑與我偶有爭吵，不過現在回想起來，都是因為害怕未來以及害怕面對真實世界所產生的自我恐慌所造成的。我們會因為害怕他人眼光而刻意對彼此冷漠後而在私底下互相咆哮，也會因為克制不住過度的愛戀而在下課短暫的休息時刻衝回宿舍，只為一個深情的擁吻。

我們不懂愛。只懂佔有與貪婪地豪取對方的一切。

我們睥睨羅密歐與茱麗葉的癡傻，卻更加荒唐。荒唐的是，當時以為天經地義。

思漢第一次對我說心痛得快要不能呼吸時，我說我懂。當時我們剛認識不久，他第一次失戀。我則是與小黑分手已滿兩年。

思漢喝了將近半瓶的伏特加，邊喝邊哭，最後對天大聲咆哮。咒天，怨自己。我無能為力，心在一旁跟著糾結。

心痛，不是形容詞，是動詞。

當時我沒有人可以傾訴，即使與小黑協議分手，我的心痛也只能自己掩飾。最後可悲地，還是小黑送我去掛了急診。我的心絞痛，無法呼吸。第一次被人送去急診。

雖然醫生給了我們一個醫學的專有名詞，我們其實心裡都知道是什麼原因，也知道無藥可醫。

所以我放任思漢宣洩。痛哭，或許才能解脫。

不要想太多。我得時時提醒自己。

現實與幻覺，何者為真？我愈來愈無法分辨了。

台北捷運站月台上播放蕭邦的鋼琴演奏曲。我第一次聽到時是在大學二年級，小黑與我用完晚餐後在逛東海別墅的唱片行，我們習慣於領到家教賺到的月薪時買個CD作為犒賞自己的禮物。當時唱片行流行紅配綠的加價購，紅是暢銷的唱片，綠反之。但往往因此讓我們不經意認識了很多好聽的音樂。蕭邦的鋼琴曲就是綠色的搭配。我當時已經搬出學校宿舍，在東海別墅的巷弄內租了一間小套房。為了避嫌，小黑不敢與我同住，只是偶爾來我這裡過夜。蕭邦的鋼琴曲是小黑的選擇，所以一回到住處，我們先播放了綠色的CD。

出奇的好聽！我們立刻同時愛上蕭邦。

小黑興致一來，邀我共舞，雖然我們兩個都未曾學過舞蹈。只是相擁隨樂搖擺。我們想起滾滾紅塵中的林青霞，小黑要我兩腳踩在他的雙腳背上，我的體重沒有構成他的負擔，他得意地領我慢舞。

我笑他呆樣，卻緊緊抱著。幸福是癡傻的模樣。

多年後我才知道，同時期的父親卻得常常往返於基隆與台北兩地。母親在某次的閒聊中憶起這段往事。「你大概都不知道吧？當時你爸常常要到台北去照顧你姐姐的那些孩子。」

我知道那段時期常聽爸說自己需要到台北搭捷運再換公車去姐姐家，當時捷運剛開通不久，對於爸爸那麼大年紀還能自己摸索台北捷運這件事，深感佩服。卻沒有去探究父親為何需要常常去姐姐家。

父親曾笑著告訴我們自己如何在台北車站地下的捷運通道間尋找不同路線的月台，當時臉上的笑容是得意與滿足的，沒有埋怨。

我彷彿看見父親微胖的身軀在人群中努力地緩慢前行，手裡提著許多食物，帶著親手做的水餃，幾近全禿的額頭與頭頂冒著汗，毅然堅定的神情找著方向，亦或客氣地請教他人路線，然後神色匆忙地趕往目的地。就怕孫子們餓著了。

我不曾參與的往事，如果母親不提，我是不可能知道這段歲月。

我們分隔兩地的歲月，毫無共同記憶的歲月。那段日子裡，我們在彼此的記憶中都是空白的，我不清楚父母親的生活點滴，父母親不知我求學生涯中腦中所起的化學效應。我們是最親近的陌生人。相愛，卻也可以這麼不了解。或許愛的本質，就是全盤接受，不去細究。

可這些彼此空白的記憶，都不是幻覺。

或者，其實都是？

不知道就不存在吧。如果可以，父親辛苦的奔波不曾存在，孫子們的不幸不曾存在，我的不孝不曾存在，我的荒唐不曾存在。

我記憶中的父親只有幸福的笑容，父親眼中的我就是個乖巧聽話的孩子。這是我們彼此記憶中的真實，是每次壓抑包裝後的真實。

自私的我選擇這樣的事實。

如同印象中最深刻的，每次過年前兩天，父親就會開始張羅過年期間要吃的水餃，因為很多人要回來家裡作客，加上過年期間得吃元寶這樣的北方習俗，所以就會看著父親切著一顆顆堆積如小山的高麗菜，然後泡在大鍋中清洗後加入鹽巴簡單醃製，之後陸續準備絞肉與桿著麵皮等，一連串順暢的步驟與熟悉的動作，是父親懷念家鄉的儀式。

我們不懂，卻喜歡跟著父親包水餃。姐姐擅長桿水餃皮，一次可以同時桿兩個水餃皮，爸爸看到就會驕傲地大笑。我手拙，只會負責包，儘管盡力將水餃壓出手做的壓紋，卻永遠不及父親隨手一捏的水餃，工整的摺紋彷彿藝術品一般。

即使一口氣要包上幾百顆水餃，我們都不曾覺得累，父親會一邊說笑，我們像是玩遊戲一樣。

現在隨便一想，都有父親的笑臉。以及他臉上認真無悔的神情。

是什麼力量讓他能夠遠渡重洋後，度過那些有家歸不得的歲月？這些年在台灣過得辛苦，有沒有後悔跟隨當時的政府來到台灣呢？有沒有在夜裡因為想念家鄉而默默流淚呢？有沒有後悔認識了母親？

不得而知了。

我們一生當中有太多不為人知的一面，只要不說，都會隨著時間埋入土中。

雖然或許不是後悔，但是生平第一次看見父親流淚，是父親收到離鄉多年後的家書時。

兩岸出現破冰的曙光時，父親就急忙託人尋找家鄉的親人。終於幾經煎熬後的某天，從里長的手裡接過一封信，是來自父親二哥的家書。四十年的距離，濃縮進了父親紅了的眼眶。

信中提到家裡一切安好。只是父親的母親幾年前已經過世了。臨終前，都還惦記著四兒，我的父親。父親強忍的淚水終於落下，父親沒有痛哭，只是默默流淚，失魂的看著遠方。多年的等候，雖然明知渺茫的希望，最後終得證實，還是難掩心痛。

父親的痛，我們無法理解。大多數沒有經歷過這類生離與死別的人，是無從感同身受。當時我會難受，不是理解，是因為不忍看見父親落淚。

父親過世後，我常常從睡夢中哭醒時，我才開始懂得這樣思念至極卻無能為力的心痛。

母親一定比我們都難過吧？

有一次，母親突然說前夜夢見了父親，父親依舊面帶微笑。母親詫異地問他為何在這裡？父親輕聲說，我一直都在啊！

我也是這麼希望著。或許母親點出了真實的一面。真正離開的是我。這一切都是我的想像。

我遊魂似地在人群中穿梭，我沒有目的地，沒有可以去的地方，當陽光退去，盡頭黑暗處有一扇門，我熟稔地推開沉重的大門。

「媽，我回來了。」母親在客廳看著每日必看的連續劇。我關上門，坐在他身旁，回憶我們彼此不知道的空白。

日二

家，是一個什麼樣的地方？

「有你的地方就是家。」小黑說，在很多年前。當時他與我相隔兩地，我們有訴不盡的相思，一心只想著對方，無論做何事。所以他連這樣灑狗血的廣告台詞都寫在他的來信中。

我一邊回信，一邊臉上掛著微笑。花言巧語，內心有說不出的甜，感覺我的信紙都沾黏著糖蜜。好想你。我說。直言不諱。當時也不過分開三天左右。

你也想我。我知道。你說，你不是在家，就是在走向郵局的路上。

我看著他寄來的信紙，如陽光般耀眼。想像他迎著南方的太陽，沁著汗水踩著腳踏車，有暖暖的微風輕拂。

母親斜躺在沙發椅上，開始告訴我電視內的劇情。原來他不是他的親生兒子，是他從小養大的。

「喔。每次都是類似的劇情。反正不久後，他應該就會掉落山谷或海裡，然後就會失去記憶吧！」所有誇張的劇情，在這個連續劇內都是最平常不過的生活。

或許，我們的生活更不真實。

母親繼續滔滔不絕地解釋劇情，我說，你不用說，我都猜得到。母親笑著說，你這麼厲害，可以當導演了。我說，每次都一樣啊。

母親繼續專注於劇情，即使有大半的劇情母親沒有看懂，也有大半的時間母親都在打瞌睡，但是母親仍舊無法切斷對這個台語劇的迷戀，如同他對藥物的依賴，少了就會不舒服。可是一邊看又會跟著生氣。

「為何還要看？」

母親沒有回答。我問了一個殘酷的問題。

如果不看，母親就少了生活重心了。這是他們這一代人的某種悲哀，以及某種壯烈。經歷過日據時代的母親，就讀過短短一兩年的小學生活，學了些日語，但台語依舊是日常生活中的主要用語。絕大多的時間，都是在田裡幫忙，適婚年紀一到就嫁為人婦，用盡一生開始了家庭生活，所謂生活的意義或者是生活的重心，就是照顧好一家子的小孩。

我轉身回房，一方面無法繼續忍受灑狗血的連續劇，一方面無法忍受自己的殘酷。

隔著一面牆，母親在客廳一人看著電視，我同時也在房間內亂轉電視。

時間在喧囂的靜默中流逝，又或者是靜止了？這十年與母親同住的日子，不是都這樣嗎？時間有前進嗎？歲月留下了什麼？

空白，留下了我們之間更多的空白。

即使住在一起，我們之間的距離卻比以往更遙遠了。

父親過世後沒多久，我就搬回家與母親一起住了。

「你英文這麼好？為何沒有想過要出國讀書或工作？」有位外國朋友某次問我的話。我不知道怎麼回答。我羡慕他。可以遊走世界，四處為家。

「You know, they are not your responsibility.」他聳著肩，一臉不解。

「I know.」可是……，就是可是後面的話，讓我動彈不得。

他到我家作客時，是父親還在世的某個除夕夜。我介紹他給家人認識時，大家正在忙著包水餃，朋友好奇地問我們在做的事。父親一如往常好客，甚至搬出他常說的冷笑話，怪腔怪調地唸著碗比碟子深，說這是他在碼頭學到的英文。我們都笑了。外國朋友一臉疑惑。

圍爐時，我用英文解釋每道菜餚，除夕夜的菜，通常都有一些吉祥寓意。父親笑著舉杯邀大家乾杯，母親則笑著用台灣國語說，不好意思隨便用，沒什麼菜，儘量吃，不要客氣。

當時的母親還會下廚準備年菜。而父親則是包辦晚餐中與午夜守歲必吃的水餃，北方習俗意指吃元寶，討一整年的好彩頭。

少數幾個元寶內，父親會偷偷包入一元硬幣，鼓勵大家多吃。只要吃到一元硬幣，就可以得到一百元的紅包。小時後的我們都會為了錢搶著吃。姐姐食量稍大都會吃到幾個，我常因為沒有吃到而生悶氣，父親就會偷偷夾幾個水餃給我，我一吃就吃到硬幣，開心地手舞足蹈。

那年外國友人吃到一枚硬幣，我們都開心地恭喜他。餐後父親高興地給了他一個紅包。朋友不敢收，我們說是習俗，討吉利的。他才尷尬地收下。

那個晚上，朋友問我，你父母親知道你的情況嗎？

我搖搖頭，不可能告訴他們的。他們無法理解。外國朋友說他懂，因為他認識很多亞洲的朋友都有一樣的狀況。

躲在櫃內暗處，被看不見的枷鎖束縛。

「It's your life. You should think of yourself more.」外國朋友總結我們的對話。

「I know.」

母親在客廳大聲說了些話，我沒聽清楚，走出房門問他。他吃藥的時間到了，請我幫他拿水。

我一邊裝水，看著桌上的水果一邊問，怎麼還沒吃？母親說要吃藥了，等會兒再吃。我說又不衝突，母親堅持先吃藥。每晚我們都會重複這樣的對話。有時候，我都不確定我是否已經問過他了。

母親吃藥時，我會坐在旁邊沙發盯著電視發呆。母親吃完藥，就會又開始解釋劇情。有時候我會出神地聽著，我的包袱讓我動彈不得。

曾幾何時，我們之間的對話全是這些事不關己的荒謬劇情。我們之間彷彿有交流，但是所有的對話與情緒都被我們之間無限擴大的空白吸入，就像黑洞一樣，時間與空間、甚至光，一旦被吸入後，都不復存在。

如果父親還活著，我就是遠在他鄉的遊子，不能返家，卻心繫著家。

大一的某一天，父母親興高采烈說要到學校看我，說是鄰里舉辦的國內旅遊，剛好會到我的學校停留。
那天一早，遊覽車就開進校園，停在距離路思義教堂不遠的停車場。我匆忙地從宿舍跑過去，遠遠看見父母親在樹下的身影，身旁帶著姐姐的小孩，三個人帶著笑容向我招著手，湛藍的天空，微涼的秋風。
那是我有記憶以來第一次這麼想念他們。我莫名地熱淚盈眶。跑到他們身邊時，我熱情地緊緊擁抱了他們。他們或許被我嚇壞了，如此親密的舉動，我們都沒有想到。
我先帶他們去看了學校宿舍，讓他們看看我住的房間，還有宿舍旁每天早上要打掃的草地，然後慢慢散步到我的學院，舊式的四合院內有一間間小小簡陋的教室，圍繞著中庭的大樹。
一路上我像個熱情的主人招呼著貴賓們四處遊玩。
這是我的世界，每個角落每天都在上演我的蛻變，他們看見了嗎？我已不再是當年那個需要他們擔心害怕的小男孩了。
父親臉上有難掩的愉悅。父親是個傳統的男人，不懂如何表達他的情感，單純一心一意默默地付出。
「你父親是菩薩喔！」鄰居到家裡上香慰問我們的時候，語帶哽咽地告訴我們。我靜靜流著眼淚，堅信不移。
唯一一次父親找我兩人對談，是我要當兵前幾天。父親看來滿懷心事。
我大概猜出父親要說什麼，父親從小到大雖然不說，但是非常保護我。也知道我弱小身型與柔弱的個性容易遭人欺負。

「你在軍中，」父親吞吞吐吐如刺在喉，「如果受到委曲，要懂得拒絕或者兇回去。」

我懂父親的意思。看到父親的不捨與擔憂，我的內心激動不已。我玩笑似地大聲說，「沒事的，爸，您放心，不會有事。」可是淚水在眼眶中打轉。我想要快速結束我們之間的對話。父親依舊愁眉苦臉，含混地說，「不是，你，不要讓人欺負了。」

我知道。爸。您放心。不會。我內心吶喊。

可是，爸，您知道嗎？我一直對不起您。這一生，我註定對不起您了。

這是我說不出口的話。因為我沒有臉，不敢面對神聖的您，告訴您我的罪過。即時趴在您的冰櫃旁，看著您安詳的臉，臉上彷彿還有一絲放心的微笑，我都說不出口。我只能流著羞愧的眼淚，默默祈禱您的原諒。

您能原諒我嗎？

我得不到您的回答，只能一直跪著。我知道我虧欠您太多了！我知道您對我的期許，我知道我永遠無法完成您的願望。我辜負了您。我對不起您。

就這樣跪著，我想要跟您去。讓我跟您去吧！如果可以將我的身體還給您來報答您的恩情，我願意。帶走我的肉體吧！跟您一起走吧。

有您的地方才是家。

我從此飄零，少了一魂，人間遊蕩。無涯苦海，無法回頭。

母親笑著說，那個人真的失去記憶了，被你說中了。
我知道。人生啊，不就是如此一再反覆的荒謬嗎？
我將母親的水杯拿去洗，再次督促母親要記得吃桌上的水果，母親說太晚了，還是先冰起來，明天再吃。我嘆了一口氣，將水果端進冰箱。
「這盤水果進出冰箱至少兩次了。」我變成喜歡碎念的可怕老人了。
「你要不要起來動動，一直坐著對身體很不好。」我無法克制自己的叨念。
「我都有運動啊，我每天都會起來走好幾次。」
「那不是運動，這樣運動量不夠。」
「你都說不夠，可是我就沒辦法走太久啊！」
「我沒有要你走多久，只是要你不要太常坐著，有時候也要站一站。」
這樣的對話，在這幾十年間不斷重複。
時間沒有流逝，只是重複。
終於有一天，母親的脊椎第五節骨頭壓迫性骨折。這可預期的未來終究來臨。
每個明天都是周而復始的必然，輪迴，只是在每個過去的重複中尋找新的記憶。
當我在我家中焚燒你寫過的情書時，也絕對不會是當時我們每天狂熱密集書寫滿滿愛意的狀態下所能料想得到的結果。
你的情書五花八門，比我用心。有日記般的敘事，有新詩，有仿古詩，有水彩畫，有手繪稿，有刺繡的手巾，有手做的背心。還有一封血書。

當時你說，你想我想到發狂，覺得似乎要以血代墨才能抒寫你的心意。

當然那不是真的血，是血紅色的油彩，但是你說最後幾滴則是真血。因為你不小割傷手指，因為血液滴在手絹上，所以興了這個念頭。

我當時覺得浪漫，所有瘋狂的舉動在愛情裡都是浪漫。

可是當我在焚燒這些傷痛的記憶時，我在烈火中，只看到自己的瘋狂。

每一封你寫來的情書，我都先用淚水澆濕後，再放入盆火中看它慢慢扭曲變形。

小黑，你好……，你好……。一邊喚著你的名字，一邊將我的心撕碎。

我的家，沒有了你。你的家，也沒有了我。

我們從此還能有家嗎？

第一個我們曾經海誓山盟的家是在山谷裡的小帳篷。那是第一次小別後的重逢，你刻意安排的戶外露營。

我們備齊了各項露營的必需品，你貼心的負荷了大多沉重的物品，走著蜿蜒的山路，陡峭崎嶇的小徑艱險無比，你一路上不斷回頭叮囑我要小心，偶爾還會不時牽著我的手，愉悅地大步前行。

走累了，我們停下來休息。小徑上杳無人跡，只有灑下的斑駁光影明滅地與蟲鳴鳥叫呼應。倚著路旁的大石，我們深吻。你開心地說，全身又有力氣了。

路途雖然遠，我們卻滿心歡喜。

抵達目的地後，你輕鬆地架起帳篷與烤肉石堆，我只能協助各種清洗動作。你接著化身大廚，烹煮雞湯與燉飯，以及飯後甜點綠豆湯。你臉上都是微笑，我一直盯著看。

那一夜，看著滿天星斗，你說，這四面八方的群山都是我們的見證，小溪為媒，我們要永遠在一起。

愈甜蜜的記憶，就愈令人心碎。

這個家，一開始就沒有遮風擋雨的地方，難怪不禁風吹。

這個家，這一生，我只住了一次。這一次就夠折騰一生。

父親這一生也有兩個家，一個是我知道的家，一個是我記憶中空白的家。但是對父親而言，兩個家，一個是白天的現實面，一個是夜裡的魂牽夢縈，各自折騰了他一輩子。

父親的苦，是大時代的劇痛，他不懂喊苦，只是全心付出，全心期待。有朝一日重見夢裡的家，有朝一日在汗水下讓白天的家落地生根。誰料，前者竟在四十年後等到。

後者，遲遲無法如願。

父親帶我回大陸老家已經是他第二次返鄉。第一次是姐姐帶著爸媽回去，聽他回來後說起那段過程，我的心都會跟著一一抽痛。第二次返鄉，爸爸已然熟門熟路，途中似乎少了傷感，像是嚮導般此起彼落地為我介紹，還有歡欣的期待。期待海外的長孫認祖歸宗，可以回到祖墳上一炷香，可以磕個響頭。

祖墳在老家四合院的後門外，一望無際的荒石堆，幾里內都是及膝的雜草，伴著視線內唯有的一顆槐樹，雜草外則是黃土漫漫，無邊無際。

我們一群人走到槐樹前，老家的大伯說，當時破四舊，不讓人立墳追思祭拜，所以特別種了這棵樹當作標記。大伯燃了香，遞給我們每人一柱，我跪下磕頭，眼淚不自覺落下。我回來了，爺爺奶奶，我在心裡喊著。大伯對著樹輕輕地說，爹娘，四兒帶著您孫子回來看您了。

我的眼淚不停，眼角餘光瞥見父親也在拭淚。這是第二次，我看見父親落淚。

這個家雖然是我空白的記憶，卻早在我的血液裡流竄。即使血脈沸騰，卻終無出路。這就是我的眼淚。

這個父親夢裡的家，父親的苦候沒有白費，雖然花了大半輩子，至少重新拾回。只是他應該沒有想到，原本理所當然的落地生根，會斷送在我的身上。

兩個家，最後也只剩一個。無論對父親而言，或者對我而言。

母親曾說，原本我是不小心懷上的。當時已經有兩個小孩，顧及年紀已大，不想再生第三個。聽說是外公堅持不讓母親拿掉這個小孩。所以才有今天的我。

可是當年的堅持，如今再看，儼然荒謬。

人生每個階段的堅持，如果有機會回頭看，總有唏噓。卻無法重來。

就像父親無法重新選擇不來台灣，就像我無法重新選擇不愛上小黑。

剛認識思漢時，他曾經問過我，如果可以重來，你還願意認識小黑嗎？再受一次苦嗎？

父親願意重來嗎？如果可以選擇，願意來到台灣嗎？願意娶母親？願意瞎忙這後半輩子嗎？

我願意。那是我用盡生命走過的路，少了那段空白，似乎就不是我了。

父親呢？願意嗎？無從得知。

母親歪斜地坐在沙發上吃著水果，我偷偷拿起手機拍下他的坐姿，然後指給他看，「你看，你每天都這樣坐著，難怪一天到晚喊身體痛。」母親不理我，繼續吃著水果。

母親開始這樣不愛動，有部分原因也與父親過於寵愛母親有關。

記得有次我們一堆朋友在閒聊各自家中搞笑的事，我說我媽這麼久從不會使用洗衣機，因為他從來就不想學，因為我父親會負責使用洗衣機，然後會負責將衣服晾起來。這件事歸父親，父親過世後，歸我。他依舊不想學。藉口是太難了。他學不會。

朋友們笑說，我母親是冠軍。

父親寵母親的事，也不只一件。

有次父親騎車載著母親外出採購日常用品，不小心與他人擦撞後滑倒，母親因此摔斷了肩胛骨。父親從此也扛起了煮飯燒菜的工作。

父親向來只會做麵食以及水餃，所以剛接下這個任務時，常因為燒的菜難吃而被母親抱怨，不是飯太硬，就是菜不夠軟。或者菜不夠鹹，或者肉太鹹。

父親微胖的身軀擠在狹小的廚房內，揮汗如雨，即使如此，還是滿臉笑容，從不說苦。

之後母親傷好了，父親似乎也煮出心得，所以煮飯燒菜的工作，也沒還給母親。母親也樂得輕鬆，從此遠庖廚，享清福。開始過著飯來張口，茶來伸手的生活。

我接不下父親這份洗手作羹湯的工作，所以父親過世後，我們請了幫傭，專門幫母親做飯。母親不是忘了如何煮飯，他說他無法久站，每次煮完飯身體就會痛好幾天。

家的人口一直隨著時間的流逝而改變。最終多了一個陌生人。

之後呢？陌生人離去後，會是什麼？……

母親又開始罵著電視的劇情，說愈演愈荒唐，哪有孩子對自己父母這麼壞的？真的會教壞大家，亂七八糟。

幫傭阿姨跟著附和，開始加入鄰居之間發生的事。有某個老人也是都沒有人照顧，聽說他的子女都受不了他的脾氣，都不願意一起住。

母親說，還有另一個鄰居老太太的兒子好孝順，竟然辭去工作，專心在家照顧他的母親。然後他的姐姐會寄錢回家給他們用。母親說那真是個好孩子。

「這樣算孝順嗎？沒有出息窩在家裡，這樣算孝順？」我忍不住回嘴，無法苟同。

母親與幫傭阿姨一搭一唱，像雙簧，格外親密。

我像是個外人，來自不同的世界。只是路過借宿。

所謂陌生人，是我的冷漠。

我只能躲進我自己的房間，隔著一面牆，築起我與母親之間最遙遠的距離。

母親常說，他早就認清事實了，而且也不強求。因為算命師跟他說過，他這個小孩註定要離家在外，只要住一起就會有爭執，反而出門在外，就能有好的發展。

所以如果有一天我選擇到其他地方工作，他也早就看開了。

母親說他看開了，所以是我沒有。

我選擇用冷漠取代距離，只有距離愈遠，我們的關係才能維持。我的冷漠大到我自己都無法想像，當然更不敢去細想，可那是我唯一可以走下去的道路。

多年以前，小黑曾經因為我的冷漠吼過我。

「你究竟想要怎樣？你說啊！」小黑將我從同學的聚會中拉到巷弄中，失聲對我大吼。

我的眼淚立刻決堤。我不知道該說什麼？面對小黑，發現太愛一個人，只能選擇將所有委屈往自己內心藏，明知道小黑因為我們特殊的愛情而痛苦，只知道不能眼睜睜看他受苦，寧願自己苦。寧願放棄這段感情。

我希望你幸福。我說不出口的話。只有默默流淚。看在小黑的眼裡，我就是個冷漠無情的人。

我轉身離去，跑回我的宿舍。

我在宿舍內痛哭失聲，我知道我不能讓小黑心軟。我不能害了他。他追求璀璨光明的人生，而我們的愛，是其間的阻礙。

小黑不知道在我宿舍門外站了多久，他開始懊悔無奈地敲著我的房門。「對不起，對不起……，你開門好嗎？」

我故作堅強，擦去淚水後，面無表情地打開房門。小黑看著我，一把將我擁入懷裡。他開始哭泣，這個陽光般的男孩，竟然被我折磨至此。我無法克制情緒，眼淚再次決堤。

對不起……，對不起。

即使身體緊緊相擁，心，必須慢慢拉開距離。

家，不該有個屋頂罩住，該給彼此距離。

日三

母親某一年看過黃曆後，信誓旦旦說，他不會活過那個農曆年。我斥之荒謬，要他不要亂想。母親說我不懂，他自己知道。

那天過後，我發現母親面對著神桌念經的時間愈來愈長，同時伴著神桌上一台蓮花造型的音樂盒，反覆頌唱著阿彌陀佛的咒語，隨著一大圈線香燃起的煙，緩緩地有節奏性地在客廳內環繞。

母親念經的時間內，我儘量躲的遠遠的。因為我受不了那線香的味道，聞著令人頭暈。有次看著被煙燻黑的天花板，我對母親說，你看天花板都可以這麼黑了，可見吸到我們肺裡，一定也是黑了一大片。母親皺起眉頭說，胡說八道。

我尊重母親的信仰，只是偶爾他迷信過了頭的時候，我們就會有口角。

「這書內有寫，你今年年底有婚姻緣，只要把握就一定可以成功。」

「胡說八道。」我冷漠以對。

「真的。這本書說得都很準。就像我上次不是跟你說你的工作運會很好，還會加薪，結果就真的發生了啊。」

「我沒有加薪，我是換工作了。」

「可是職位更好了啊！所以就算是加薪啊！」

「不一樣。」

「一樣。」

我在內心嘆了一大口氣。不想多說。

「反正你今年年底有結婚緣，你要好好加油！」母親就是不想放過。

「那也要有人啊！沒人結什麼婚！」我實在很無奈。

「你別騙我了，你的事我都知道。你只是不想帶回來給我看。」母親斬釘截鐵地相信我。

我不可置信地看著母親。究竟該佩服他的想像力？還是該對我實際上真的沒人感到悲哀？

思漢曾經問過我，未來會不會想要結婚？

「找到人再說吧！」

「我會。我一定要結婚。而且要兩個人都穿著燕尾服結婚。」這就是思漢。絕對的浪漫主義者。

「可是，這樣就要出櫃了。你做得到嗎？」

「只要兩人相愛，我就敢出櫃。」思漢臉上肯定的神情令人感到驕傲。

「我應該不會。」相形之下，我顯得懦弱不堪。

「為什麼不？難道你不想兩人廝守到老？」思漢臉上出現與之前那個外國人臉上一模一樣的表情。

上。」

「我爸媽年紀都大了，他們不可能會接受的。我不可能將我的快樂，建築在他們的痛苦

「這是藉口吧？你怎麼知道他們不會祝福你？」

「祝福？我怕他們會氣死。」

「好啊！有人我就帶回來給你看。」忽然有股衝動想對母親這樣說。但是我說不出口。於是我們這一類的爭執最後都是以沉默結束。母親不懂我在堅持或隱藏什麼？我卻知道母親身上背負對父親的虧欠以及一個交代。

我的堅決及母親的不解會在那幾天演變成一場冷戰。我們兩會安靜用餐，一句話都不說。每次最後都是我先示好。我會說些無關痛癢的話題，例如天氣好熱？或者水果都不甜之類的。然後母親也會順著台階下，給我們彼此一點面子。

不過那一次在母親密集地唸了幾天經文之後的一個晚上，母親坐在沙發上怎麼也叫不醒。我原本是要母親到房裡睡，怎知母親不管我如何叫他都沒有反應。

還有呼吸，像是昏迷了。

一緊張，先撥了電話給住在附近的姐姐。同時叫了救護車。

救護車抵達時，姐姐與我都在家裡準備好了。尤其是母親平日所吃的各種藥物，全部裝在一個大提袋內。

救護車快速送往最近的醫院，急診室內的醫生問發生什麼狀況，我也不清楚，只知道莫名

其妙昏迷了。醫生接著問了當晚有沒有發生什麼事？吃了什麼？最近用藥狀況等等。醫生與護士也嘗試要叫醒母親，但是他完全沒有反應。

醫生說，雖然目前血壓與心跳都正常，但是要安排檢查。所以緊急排了各種檢查，X光、電腦斷層、抽血等等。

然後只能靜候報告結果。

姐姐與我坐在急診室內一臉茫然，也不知道究竟怎麼了。凌晨一點左右的急診室內，竟有為數不少的病患，我很訝異每個晚上這個世界究竟都在發生什麼奇怪的事。

姐姐雖然表面冷靜，還是會拿出佛珠手串開始為母親喃喃祈福。

我仰著頭盯著冰冷的天花板及日光燈發呆。燈光下每個人臉上都慘白無色，整個空間有種莫名的協調感，人與物以一種機械般的沉穩節奏互動著。

「媽咪說，他覺得他跨不過今年的農曆年。」我忽然想起母親的危言聳聽，當玩笑話說出來。

姐姐與我的反應一樣，嗤之以鼻。

沒多久，醫生拿著報告過來，表示一切正常。他們查不出任何原因。現在只能等他自己醒過來。有個護士幫腔說，之前有個老太太也是這樣，在醫院昏迷躺了兩天，之後醒來像沒事一樣，就回家了。

所以只好等。現在的醫學還是有很多解釋不了的地方。

急診室內的冷氣格外地冷，姐姐與我坐著直發抖。不時地會輪流站起來走動一下。每隔一小時病患就會少一些。姐姐開玩笑說，應該大家都覺得急診室不好睡吧。

大約凌晨五點鐘左右，母親醒了。

醫生過來檢查後，認為沒有任何問題，應該可以回家了。

母親在計程車上開玩笑說，我們姐弟倆被他罰睡在醫院一個晚上。

沒事就好。姐姐說。

醫生懷疑是母親自己用藥過量。

母親說是觀世音菩薩救了他。

我們發現母親的眾多藥物中有一種藥是治療母親胸悶的情況。其實是抗憂鬱的安眠藥。醫生提醒說這種藥只能晚上睡前吃一顆。我索性將這個藥沒收，每天只配給一顆給母親。母親對此感到不滿，說我要害死他。還說其實這是他們家族的遺傳，他有幾個姐妹也曾這樣，莫名其妙昏迷不醒。

醫生解釋不了的，或者醫生說得與他想得不同，母親總有辦法解答。

抗憂鬱的藥？母親其實也不快樂。

中國人不懂看心理醫生，只以為是身體的痛。

思漢說他看過心理醫生，在他第一次分手之後。我當時看過他如何將自己折磨得不成人形，我的確也擔心他會想不開，還好他願意去看心理醫生。也還好心理醫生有一點幫助。

思漢說他吃了一陣子抗憂鬱的藥，但是後來還是沒有喝酒來得有用，加上看心理醫生不便宜，索性就不去看了。繼續每天晚上獨自將自己灌醉，他說這樣才能睡得著。

不管我們朋友怎麼約他，思漢都不願意與我們外出走走。也不管我們怎麼勸，思漢還是繼續每晚的酗酒。他說他不會自殺，要我們不用擔心。

就像母親在第三次昏迷之後醒來，怨我們為何要救他。

同樣讓人心痛。

生命，只剩下苟延。還有什麼好期待。

沒有期待後，身體就會接受到訊息，出現變化。

與小黑分手後，雖然痛苦，我以為我依舊過得很好。只是不敢一個人在外面用餐，不經意會落淚。如此而已。

我每天繼續上著課，繼續努力想要完成學業。生命找到出口，蒙上眼睛，就以為看不見。

直到有人提醒。

像比干被挖了心還能活著的傳說，直到被菜販提醒，沒有心的菜怎能活呢？

我多年不見的好友某天突然來訪，見到我吃驚地問，你怎麼變這麼瘦？我才驚覺我已經行屍走肉了一年，那一年沒有心的身體不懂吸收，我已經瘦到不成人形。我卻沒有察覺。

比干吐出一口鮮血後倒地不起。部分的我也是。決定分手後的我故作堅強，畢竟是我提出的決定。我必須成全小黑，讓他走陽關道。祝福他與他在新學校認識的學妹。

「為何我們不能繼續？」小黑不想分手。他認為他可以同時照顧他的學妹與我。

我不知如何回答。是我自私吧。是我天真吧。就這樣吧。

朋友不知道我究竟發生何事，不放心地只好一再叮囑我要多保重。那一夜，我終於哭了。

原來痛苦所需要的出口是被了解。

如果當初父親沒有死……，一切都會不一樣吧。

父親幾乎沒有生過病。與母親長年的氣喘及胃痛等各種小病相較，父親可以說是個超級健康的超人。

或許這也是當父親在那麼短的時間內突然離世，最讓我們無法接受的原因。

當時只是去醫院看個胸悶的問題，檢查出來似乎是肺部有些病變，除了要繼續檢查追蹤之外，醫生建議父親要戒菸。父親在我們強力要求之下，竟然也戒掉他抽了將近一輩子的菸。我們都還來不及為父親戒菸的事開心祝賀，父親就住進醫院。父親肺裡積了大量的塵灰，是當時父親跟著軍隊撤退到金門時協助挖掘坑道時所吸入的。究竟有多少的石灰塵積在父親的肺內？父親只是輕描淡寫當年在金門的生活，沒日沒夜挖著坑道，塵土飛揚，不見天日。

那些坑道才是奪去我父親生命的兇手。那個時代，多少人，多麼冤。不管做什麼事，都能救人，也都能害人。

一場原本偉大的革命，終究敵不過人性的貪婪。時代的確改變了，卻到不了原來期待的美好世界。

父親住進醫院不到一周就過世了。帶著我不能理解的時代記憶一起離開了。

或許老天體諒父親已經經歷了人生太多的傷痛，最後仁慈地減少了他的病痛。

父親一生積極認真活著，每一刻都值得驕傲。沒想過放棄，沒有時間憂鬱，不曾被打敗。

九妹就被打敗了。

思漢某天傳了一則簡訊，小心翼翼，說有個壞消息。我好奇回問，他說，九妹過世了。

九妹是當初我們學校社團內的一位學弟。濃眉大眼，個性活潑開朗，純真善良，笑容滿面，非常討人喜歡。我們都戲稱他九妹，大多有呵護之意。

「怎麼會這樣？意外嗎？」我一時愣住，久久才回了這兩句。

「不是。唉……。」

「怎麼了？」思漢似有難言之隱。

「就是他一直在用藥。玩到都有被害妄想症了。」

「好可惜。我以前聽過他有用藥，但是沒有想到這麼嚴重。」一想到他天真無邪的笑臉只為他惋惜。

「他一直覺得他爸媽要害他。還鬧自殺。」

「那麼漂亮美好的孩子……」我還記得他天真的笑臉。

「雖然他爸媽說是肺癌，不過我們猜測應該是自殺。他爸媽這幾年來應該也很慘。」

「嗯。」我不知道該如何面對這樣的現實。「我只記得他美好可愛的一面。希望他早日成為天使。」

「對啊！就是天公阿仔，被天公收回去了。」思漢與我有同感。

「真令人心酸，他是那麼善良……」我遲遲不能接受這個訊息。

「我是很微妙的心情，因為看到他爸媽受的苦。」思漢比較理解狀況。

「我懂。唉……，謝謝你告訴我。」我已經不知該說什麼。

「應該的。大家要保重。」思漢的語氣中仍有對我的擔心。

「好的。我們都要好好保重。」我故作堅強。

思漢最後傳了一個感嘆的貼圖。我沒能再回傳。

這太不真實。我腦中一直出現九妹天真爛漫的笑臉。他這幾年究竟過著怎樣的生活？究竟是有多不快樂才需要靠藥物度日？究竟為何要選擇這條放棄之路？人，可以是如此不堪一擊。

當年我畢業前的生日，九妹送了我一本《西藏生死書》。還記得他臉上掛著對未來充滿期待的神情對我說，「我覺得這本書很棒，能幫你看透人生中將面臨到的眾多苦難。」

九妹真心的祝願還在。書也還在。

你看了嗎？九妹……

一念之間，花開花落。

母親的一念，都與黃曆有關。有一年擔心自己過不了，隔年，又說自己在年底會有一場病痛。

接著每天下班回到家，一邊吃著買回家的晚餐，一邊陪著母親看台語連續劇，母親會以身體上的病痛開啟我們之間的對話。今天頭痛了一整天，或者今天膝蓋痛到不能走路，或者右腿都沒有力氣等等，母親會完整地訴說他今天身上的病痛。

一開始，我會想要找方法解決母親身上的病痛，多次嘗試無效後，都會得到母親相同的回應，沒有用的，這是我今年的劫，註定了。

然後那一年底，母親又因為昏迷緊急送醫急救。只是這一次，我們沒有叫救護車，姐姐開車，我將母親背下樓，去同一間醫院。醫師問了同樣的問題，做了同樣的檢查，得到同樣的結論。我們同樣在急診室等著母親醒來。

隔天，母親回到家，說他知道我背他下樓。好奇我竟然可以背得動他。

這個劫算過了，母親又說，這次是佛祖救了他。

佛祖拈花微笑，某種程度是覺得好笑吧。

母親換上更大的香環，繼續伴著誦經的音樂吟唱，我繼續躲得遠遠的。

日四

幾乎每年秋颱來時，母親就會說起當年他生我的情景。

「風雨好大，隔壁家的屋頂都被吹走了。」母親似乎語帶驕傲地描述著當年颱風的盛況。

「那是有史以來最大的颱風了，你就在颱風最大的時候出生了。」母親每次描述完，好像再次經歷過那場痛苦卻神聖的過程。

「是啊，我這個妖魔鬼怪就誕生了。」這是我聽過多次後的反應。

「對啊，不知哪裡來的，颱風把你帶來了。你就是颱風阿仔。」母親臉上盡是得意。

生命開始於一個這樣的傳奇，如果我不來場革命，或來個大奸大惡，似乎就愧對了這一個驚心動魄的巧合。

可巧合還不止於此。

「當年颱風造成停電，電話也都不通，可是就在你出生的那個晚上，你遠在宜蘭的阿公忽然從夢裡醒來，開開心心地到客廳對著家人大聲說，他女兒生了，而且生了一個男孩。你的阿嬤以及阿姨們都正在客廳忙著處理停電的事，聽到阿公大呼小叫，都笑說他睡糊塗了，一定是太想女兒了。可是阿公肯定地說，是真的，生了個男孩。」

當然，這件事再次為我的出生多添了一件神祕的色彩。不管是母親與外公的心有靈犀，還是巧合，總之，雖然沒有一出生就走出七步蓮，也沒有在母親的身體裡住了七年以上才降世，但是我出生時刻的種種巧合，在母親的心裡不亞於那些神蹟。

母親一邊吃著木瓜，一邊神遊似地沉醉在他的美好記憶裡。

「我真的很感謝你阿公當初堅持要我將你生下來。要不然我現在就慘了。」母親又吃了一口。

「才不會。你還有姐姐們，怕什麼！」

「唉，你別說。說起來就氣。」

「那就別說。你趕快吃木瓜，都放了一天了，還吃不完。」我看著母親水腫的腳背問，「水腫沒有比較好嗎？」

「有啦，有稍微好點。昨天腫到都不能走路。這兩天吃了木瓜就比較好一點。」

「有好點就好。你還是要多喝水，不要因為水腫就不敢喝水。」

「我有喝。你每次都說我沒有喝水。」

「我就看你都喝很少啊。」

「喝多要一直跑廁所，很痛苦。」

「多尿才不會水腫。」

母親不想理我，裝著沒聽到。我們再次沉默。

電視傳出的吵雜聲與窗外馬路上的車聲此起彼落，母親與我之間的尷尬氣氛卻甚囂塵上。

「你和爸，當初怎麼認識的？」我看著牆上父親的遺照。這一切是怎麼開始的？

「就是相親啊，你爸的朋友介紹的。就是那個馬叔叔啊！」

很久沒見到的人。父親在世時經常聽到的名字。如果沒有記錯，是父親非常要好的朋友。父親過世後，就再也沒有見到了。

「當時你馬叔叔一直跟你爸說，這個女人很難得，一定要娶。如果你爸不娶，他自己就要娶。」母親一邊說一邊笑。

「是啊，你這麼漂亮。」

「不是，你馬叔叔說沒見過這麼好的女人。」母親笑得更開懷。

「所以爸就開始追你了？」

「是啊。」母親的笑容中道盡心中的美好記憶。

所有的開始，都是美好的。即使多年後想起，還是不會變。

小黑愛上我的那一刻，他說是當他看見我在大一寒假前戲劇課上的表演時。

我與兩個學姐合演了一齣英文短劇。簡單的劇碼，我們分別以喜怒哀樂四種方式詮釋。台詞簡單，主要是誇張的演技。學姐們與我都沒有把握，當時只覺得就豁出去吧，反正開心就好。

我們在舞台上恣意放縱，不在乎台下的眼光。

其實當時我是在乎的，在乎小黑的眼光。即使眼角餘光無法找到他，但是我知道，他一定正專心地注視著我。

小黑說，當他看到我眼光泛淚說出原本搞笑的台詞時，他就愛上我了。

沒錯。當時我的台詞是對著你說的。即使當你對我表白時，我都不敢這麼坦白告訴你實情。

「Do you love me?」我含著眼淚說出這句台詞，我多怕等不到回答。

荒謬的是，你聽出我的膽顫心驚，荒謬的是，這原本是一齣喜劇台詞。荒謬，開始了這一切。

真是如此？還是我們為自己找了一個美麗的理由。

如果你當時沒有特別關注我，為何會對我說出的這句話特別有感？如果我當時不在乎你，又為何會顫抖地說出這句話？

我們的開始應該還有個起源，就像宇宙大爆炸之後帶來了無數星球與生命，可是在大爆炸之前呢？如何追根究底？一切的源起究竟是什麼？

是這句台詞讓你愛上我？還是你先愛上我，只是不敢承認？

我也是。找不到恰當的時機讓你知道我的心意。我的愛，究竟何時開始萌芽？我毫無頭緒。是每天生活中的點滴小事，慢慢為我們的愛加溫。這些小事，看似不重要，卻是一個個小積木，在心中慢慢堆積成塔。可是在記憶中，沒有任何份量。

因為沒有份量，所以輕忽。輕忽了這些細節，就等於輕忽了這段愛情。最後小細節終於涓流成河，洶湧潰堤，沖散我們建構起的愛情天地。年輕時，誰的愛情會是柴米油鹽。

我只記得你說的開始。我們都選擇相信最美好的那一刻，然後為我們的愛情創造出無數個珍貴的開始。以為美麗的愛情故事當中，每一刻都值得慶賀，都是完美的。

我們的第一個吻，一樣荒謬。

大一寒假前，我們為了第一次的分離而大醉一場，我們故作堅強，強顏歡笑。我們大快朵頤，不醉不歸。那一晚，我們都直接醉昏在同學宿舍的客廳。後來聽同學說，他根本叫不醒我們兩個，所以自己就回房睡了。

夜裡，我們依著溫度找到彼此，緊緊擁抱。我們的壓抑終於在黑暗中透過我們的雙唇得到解放，天旋地轉，卻無畏無懼。

後來，小黑說想不起來究竟是誰先吻了誰。

如果想得起來，那個開始的人是否就該擔此一切的罪責？有人頂罪，才有個終了。可是我們誰也想不起來。

只記得，那個吻，你下顎的線條，你雙唇的顫抖。

誰先開始？一點都不重要。

思漢也記不得是誰先踏出的那一步。如果沒有踏出那一步……

晴朗的夏夜，熱風徐徐，兩個樹林間的黑色身影對望著，汗從兩人的頸間流到背後，兩人的眼神都無畏地凝視著對方，像兩隻伺機而動的獵豹，不敢輕舉妄動，深怕驚了獵物。

夏夜的熱氣在兩人之間對流，月色在兩人凝望的眼神中閃爍。

其實只是一個淺笑，他們彼此就確認了對方。

同樣的荒謬，沒人可以解釋。

究竟是誰走向誰？已經不重要。當一切結束，會想起的，只是如果。

一旦結束後出現如果，就代表曾經的美好中，混雜了悔恨與遺憾。

一個人的生命中，不該累積太多的如果。

母親住院期間，我身陷紊亂的思緒中。太多的如果，讓我徹夜難眠。

小菲在我的母親出院後一個禮拜左右打電話給我，說回來台灣已經兩個月了，由於之前都在忙著母親住院的事情，所以沒時間找老同學聚聚。問我有空嗎？

我們約了一天吃早午餐。沒在電話中多說我也是剛忙完母親住院的事。

再次見到小菲，他美麗依舊，我們久別重逢，算算距離上次見面已然多年，但是若從大學畢業算起，竟然超過20年了。小菲畢業後沒多久就到澳洲讀書，自此就努力在澳洲生活以及以取得澳洲綠卡為目標。經過多年的辛苦奮鬥，小菲終於如願在澳洲定居。

我們大學時期曾有一段時間是互相照顧的室友，當時天真爛漫卻各自說愁。如今我們之間隔著多年的空白，唯一共同的，只剩下充滿時光荏苒的不勝唏噓。

一見面寒暄，我們就都問起彼此的近況。小菲的母親因為腳扭傷就醫竟發現骨折，於是住院治療。與我母親的壓迫性骨折有異曲同工之妙。我們倆都覺得是他們本身的固執與生活習慣所造成的。無奈，是我們共同的心情。

小菲才說不久就哭了，我懂他的心情。我強忍住眼淚。當團體中已經出現弱者，就有人需要扮演強者的角色。

「我每句話都在幫我媽想，可是他完全不領情，都要我不要管。」小菲邊哭邊說，「可是我能不管嗎？我哥根本就不在乎我媽。」

我不知道該說什麼，我只是個外人，只該是個傾聽者。

「我知道我媽不要我擔心，可是我怎能不擔心！」

「或許這就是你媽媽的想法，他不希望你遠在國外，還要每天擔心他。」

「可是他難道不能用客氣一點的方式嗎？」

「我不知道。或許，無情一點的方式才真的能讓你稍微釋懷吧。」我只能這樣想。

小菲說了他在台灣這些日子幾乎每天都是以淚洗面，每天都被他的媽媽以及哥哥氣得要死。可是他又必須每天重新打起精神去面對。

「這幾年與我母親住在一起，我的心得就是，要懂得告訴我們自己，我們盡力就好。」我不知道我是在安慰小菲，還是在對自己心理喊話。

「是啊！我最近也是這樣告訴自己。可是，我覺得我媽好像故意與我作對，他就是很固執他自己的想法，而且不管我怎麼做，或我哥什麼都不做，他都還是替我哥說話。」小菲帶著鼻音說。

「我不知道該不該說……」我猶豫。小菲好奇地鼓勵我說。

「我們其實剛好是相反的角色，我與你哥是一樣的情況，是真正長期照顧母親的人，而你只是遠在他鄉的孩子。所以坦白說，你不會了解長照者的辛苦與想法，就算你說你懂，我都只能不客氣地說，不，你不會懂。除非你真的成為一位長照者。除非你曾在夜裡多次被母親的病痛驚醒，除非你曾經多次在急診室外擔心不已，除非你每天回到家都要反覆面對母親的病痛，否則請你不要說你懂。」

小菲聽懂我的意思。我像是自我發洩，剛好藉機。

「所以，你覺得我該多做什麼？」

我搖搖頭，我真的不知道。

「如果我對我媽多些關懷，多花點時間回來陪他。這樣會好一點嗎？」

「應該會吧。」應該會吧。我是這樣希望的。

小菲哭泣的真正原因，除了擔心他的母親，也有一部分與他失去原本與家人之間的親密感有關。自從他決定移民澳洲，這麼一去已經十多年，雖然期間他與家人彼此偶有互相探視與拜訪，但是原本那種朝夕相處的親密感已然慢慢轉變。

這十多年之間，他們對彼此生活的影響力是空白的。他無法理解他哥這幾年是如何與他母親相處的，更無法理解他的母親這些年是如何調整成為他必須一個人獨自面對生活的習慣。

原本的親密感從何時慢慢變淡？小菲不會知道。如果真要溯源，或許就要從小菲下定決心移民的那一刻開始算起。

一旦選擇了方向，就不要期待去同時擁有另一個方向的美好。驀然回首，即使要付出眼淚，也只能往自己的肚子裡吞。因為人生沒有回頭路，從出生時放聲大哭的那一刻，就已經告訴我們答案了。

我們沒有權利去責怪他人改變，因為我們也選擇改變。可是就算知道這樣的道理，還是會哭泣，因為那些心中存在的眾多如果，以及無法追回的遺憾。

小菲的如果，可以選擇。我們的如果，有得選嗎？

思漢曾經問過，如果可以選擇，你會願意當個同性戀嗎？

「不願意。太痛苦了。」我沒有遲疑。

「是嗎？我願意。不管多苦，我還是以身為同志而驕傲。」

我看著思漢的臉，真心覺得能夠有這樣的朋友而開心。

「你從何時開始知道你是？」我想要淡化這個嚴肅的話題。

「我很小就知道我是了。我小學看到裸體男生的照片就會興奮。」思漢開心地說。

「所以你從小就對男同學有好感？」

「沒有。因為我喜歡外國人。」思漢有點害羞地說，「我每次都是看著外國男性的裸體才有感覺。更何況，我老家是在鄉下，大家都很單純。」

「那你就這麼確定你是？沒有掙扎疑惑？」

「沒有。我就是很確定。小時候我哥拿花花公子給我看，我看了之後超想吐。」思漢做出噁心的表情。

「你很誇張。」

「真的！我只要看到女生的那裡，我就會想吐！」思漢全身不自覺地抖了一下。

「我小學曾經有個小女朋友。我們曾經是班對。如果當初繼續與他交往下去，或許現在就不一樣了。」這是多年來我心中一直存在的疑問。

「不用想。最後還是一樣。」思漢直接澆我冷水。

「不一定吧？」我明知故問。

「你沒看過很多老同志，雖然年輕時礙於社會壓力而結婚，最後不是選擇離婚，就是到處偷吃，然後讓自己的老婆苦守空閨。」思漢簡單舉例。

我不得不同意地點點頭。

「這種人更自私。為了隱藏自己的身分，就這樣害了一個女人的一輩子。你想想，一輩子都沒有性生活，可是又無法離婚。多可惡！」思漢義憤填膺。

「我想也是。」慾望這種事，真的攔不住。

我想起小時候，雖然當時已經被同學們將我與另一位女同學硬湊成班對，可是我記憶中最常想到的某個情景，卻是某個午後，我們一群小男生因為玩累了，隨意在某位男同學家中午睡，當時我身邊剛好躺著班上最帥氣的男生，他躺下沒多久就立刻睡著，我卻因為異常的興奮而輾轉難眠，最後輕輕地將身體側翻面向這位男同學，看著他起伏的背影，壓抑著全身想要抱住他的衝動。

這個午後的煎熬，從此沒有離開過我。

可是，這不是我願意選擇的開始。有些路，你無從選擇，只能前進。

九妹呢？

當初是什麼原因讓九妹吞下第一顆藥？活著太苦？才選擇最簡單的方法躲避嗎？

就像賣火柴的小女孩，在窮途末路之際，選擇自己想要看到的畫面。吞下第一顆藥時，心跳加速，眼神迷茫，空間扭轉，體溫在陌生人之間摩擦升溫，愛與不愛都無所謂，快樂在旋轉中得到光明；迫切地吞下第二顆藥後，心神分離，眼睛所到之處都是溫柔的白雲，每個溫柔的觸碰都成為愛情，黑暗在霓虹水晶燈旋轉閃耀間化為浪漫幻境，痛苦在血液沸騰中蒸發；最後嚥下第三顆藥時，時間暫停，記憶消逝，惡魔之手在不遠處邀約，盡頭就是一切的開始，永恆的快樂，訣別的輪迴，那是終極的樂園。只要伸出手，就能抵達。

賣火柴的小女孩倒臥在冰雪中的弱小身軀，放大了他生前最後看見的畫面。九妹伸出了手，將通苦留在人間。

除了責備，有誰能夠理解？他的父母親一定無法，我的父母親也難。

就是這個難，困住了所有人。

可是經歷過大悲大苦時代的父母親，沒有被生活的困難給擊敗，我們又有何顏面強說愁。

母親近幾年愈來愈喜歡聊到小時候的事情。台灣在光復前幾年，就因為戰爭不斷，人民生活困苦，母親的家庭也不例外，所以從小就將他送給別人養，養父母家中務農，所以從母親有記憶以來，就一直都是在田裡幫忙農事。

母親感嘆地說，「就算天再冷，腳都要泡在冰水中做事。當初一定就是這樣把我的腳泡壞了。現在只要一變天，我的腳就會很酸痛。」母親慢慢地揉著小腿。

「當時真的是要做死啊，從早忙到晚，小孩子又沒有鞋子可以穿，就這樣跑來跑去幫忙，再重的東西都要扛。拿不動，就被打。真的是好苦啊！」

這麼難的生活，母親也熬過來了。對母親而已，這世上還有什麼比他們當時更難的生活呢？

「有一次才差點被打死，」母親的回憶陷入哭笑不得的年代，「當時洗澡都是到公共澡堂，有一天忙完田裡的事，全身髒兮兮，鄰居就叫我跟他們去澡堂清洗。小時候什麼也不懂，一聽到可以洗澡，就開開心心地跟人走了。結果洗完回到家，才知道養父因為找不到我已經氣得半死，一看到我回家，二話不說，拿起椅子就往我身上砸，然後一直用很粗的木頭打我，我怎麼哭喊也沒有用，最後是鄰居所有人出來阻止，說都快要打死了，再打就死了。」母親說起這段往事，還是忍不住搖頭皺眉。「我那個養父啊，真的很狠，很夭壽。」

我無法了解的困境，難以抗拒的大時代，就算苦，也只能往肚裡吞。

所有經歷過那個年代的人，都值得敬佩。

我有什麼資格說出我的苦？

母親像看破似地做了結論，「當時我就告訴自己，未來絕對不會這樣打我的小孩。」他的痛苦成就了一個承諾的開始。我們都是受惠者。

我們懂什麼是苦？

父親如何活著來到台灣？父親所經歷過的一切，連回憶都苦。父親很少提到當年在中國各地打仗的生活。我所能想像的畫面都來自抗戰的電影。父親不看也不說。那是段他選擇永遠埋葬的記憶。

只有當父親吃飯時喝著小酒，偶爾會不經意長嘆一聲，作為那段時光唯一的解釋。

父親的苦無法言喻，那個年代的事，有誰可以說得清楚？

父親選擇自己承受。選擇開啟新的生活。

我們不也該如此嗎？

「我會說。」思漢下定決心，「如果我有天找到共度一生的人，我會告訴我的家人。」

「你不怕他們傷心？」我的膽小懦弱化成偽善的言語。

「當然會。可是這就是我，我希望他們可以知道真正的我，而不是戴著面具的我。」

「知道了又怎樣？我們會不會有時候太在乎我們個人的感受？沒有去想過家人的感受？我們只為了我們自己活得開心，卻不管他們心中有多難受，我們真的覺得這樣對他們來說公平嗎？」

「可是就算不知道，對他們來說也不公平吧？他們永遠都不認識自己的小孩，永遠都不知道我們心裡的真正想法，這樣對他們來說公平嗎？他們可能從小就滿心期待我們成家有小孩，可是我們卻永遠做不到，也無法給他們任何交代，難道這樣就公平嗎？」

不會有公平的。時代對他們不公平，老天對我們不公平，我們對他們不公平。

對自己公平，就會對他們殘忍；對他們公平，就是對自己殘忍。

現實無法妥協，唯一的寄託只能依賴每個人心中自己編造的期待。

父親期待戰爭盡快結束，母親期待早日成家教養小孩，思漢期待擁有愛情，九妹期待來世，小菲期待彌補遠在他鄉的遺憾，我期待……。

桃花源，逆流而上，會看到落英繽紛，初極狹，之後會豁然開朗。

母親從座位上站起來，開始甩手，他說，他最近開始做這樣的運動，每天都會甩個一兩百下。

「很好啊！只要有運動，做什麼都好。」

「有啊！我每天都有運動，都會去旁邊學校走一大圈。」

「很好啊！要持之以恆。」

「可是走太多回來腿就痛死了。」

「因為太久不動，肌肉一開始都會痠痛，習慣就好了。」

「痛到都走不動，沒辦法這樣走。」

母親開始形容腳痛的狀態，原本運動的話題，最後會轉到描述身體的各種疼痛，結論就是不應該繼續動。

沒有開始，就不會有痛苦。

不是嗎？是嗎？

滿座山谷迴繞的承諾，有點焦味的綠豆湯，溪畔天然的溫泉池，池中分不開的纏綿，你說，你的吻有葡萄酒的香味。

睡不著，你就起來寫信給我。你不是在家寫信，就是在前往郵局寄信的路上。

沒有開始，就沒有痛苦。

日五

「好久沒有休假了。」

某個周日晚上姐姐與我都在家陪母親看電視，看到泰國旅遊的廣告，姐姐忽然感嘆地說了這句。

「上次出國已經是好幾年前的事了。就是陪媽媽去上海那次。」

「那真的很久了。應該有兩年了吧。」母親像是被喚起記憶。

「不只，快三年了。」姐姐激動地補充。

「那麼久了嗎？」母親慢慢地拿出黃曆本，開始翻找他的記憶。

「是啊！所以才說好久了啊！那年你還在上海割了雙眼皮，記不記得？」姐姐胸有成竹。

母親尷尬地笑了。「這麼久了。當時剛割完回來，眼睛好醜喔！」

「你又不是為了好看，當初是為了你眼睛睫毛倒插的問題。管它好不好看。」姐姐說。

「現在看就很好看了啊！」

母親聽我這麼一說就笑了。「老了，有什麼好看。」

「所以今年姐有什麼休假計畫嗎？」

「沒有錢，哪有什麼計畫。頂多又是到上海找姐姐。」

「也不錯啊。換個地方，才能換個心情。」我是贊成的。
母親沒有附和。
「媽，你今年要去上海嗎？」姐姐順口一問。
母親緩緩打開黃曆的某一頁，「今年我的運勢不大好，這上面說我的身體健康會出問題，還是不要亂跑。」
「拜託。你很健康好嗎？上次做完健康檢查，醫師都說你比我們很多年輕人都還要健康！」姐姐忍不住翻白眼。我也在一旁無奈搖頭。
「唉，每次去你姐家住，就一直關在家裡，很無聊。」母親補充他真實的想法。
「你在台灣還不是一樣？也都一直待在家裡不出門。」我說。
「哪有？我只要天氣好，都會到樓下走走。會去旁邊的學校散步。」
「上海姐姐家附近也可以吧？」姐姐說。
「那邊都沒有認識的人，出去也很無聊。這邊我還可以跟附近的老人聊聊天。」母親繼續強辯。
「好啦。隨便你。你開心就好。」姐姐與我最後幾乎都只能這樣結束各種話題。
母親覺得我們都不懂。繼續看他的黃曆。
其實我多麼希望母親願意到上海去住些日子。但是，我說不出口。
我看著電視，心裡自己演了很多掙扎的戲。

孝子？不孝子？

我不敢說自己多久沒有休假。長照的人有權力休假嗎？

因為不能也不敢說，我只好偷偷給自己放假。

每次出差，就是我給自己放假的機會。有時候，我會假造一個出差的名義，實際找個地方度假。減少母親的擔心，也減少我的罪惡感。

如果是休假出國旅行，母親就會開始看黃曆，然後開始擔心各種可能的危險。反之若是出差，則理所當然，無災無難。

姐姐開啟這個話題的兩周前，我才剛「出差」回來。所以心情比較調適了。

我其實哪裡也不想去，只想找個地方安安靜靜地一個人過幾天。

我訂了一間礁溪的溫泉飯店，看上他們戶外的溫泉泳池。礁溪，根本是台北的後花園，我無法向任何人解釋為何會選擇這樣一個地方做為度假的地點。當初向公司請了五天假，老闆與同事都很好奇我要去哪個國家玩，我隨口說了東南亞，連個正確的地名都沒有。我說，我只是要找個地方曬太陽，什麼都不想。

我的度假不是為了遊山玩水或者感受不同的文化，我只是需要一個地方，讓我靜靜。

我已經不知道有多久沒有好好地睡個覺了。每晚不是噩夢醒來，就是想公事想到失眠。

休假前兩晚，我跟母親說我這次要出差的事。母親問了地點，我順口說了早就編好的內容。雲淡風輕，就像每次習以為常的出差，母親沒有多慮，專心看著電視，我則是輕鬆吃著在樓下買的麵線當晚餐。

出差當天，母親要我先向佛祖燒三炷香祈求一路平安，我拿著三炷香，默默在心裡致歉，並希望佛祖保佑母親身體健康。

一個半小時後，我已經抵達礁溪的飯店。

接下來的幾天，我的作息比上班期間更有規律。早上八點半會享用餐廳的早餐，喜歡坐在有陽光照射到的窗邊，慢慢看著風景吃著早餐，然後於午餐及晚餐之間，我都會待在泳池畔，不是在游泳，就是在涼亭內看小說，享受初秋的暖陽與微溫的和風。雖然不算大的泳池，但是四面都栽種著椰子樹與各式熱帶植物，頗有南洋風。加上平日飯店內甚少遊客，大多時間都只有我一人使用，格外無拘無束。

每天晚上我都會打電話回家問候母親平安，告訴他，我出差一切順利。

不管是我一個人在泳池畔凝視藍天中微妙的顏色變化，或者是在礁溪老街上嘗試當地美食，時間都以快轉方式前進，快到連太陽都來不及在我的大腿上留下夠深的泳褲印。

不用過多久，身體的肌膚就會找回原來的顏色。一切都會回復原狀。

身體上略為曬傷的疼痛感，也會在幾天後，帶著一切的記憶與短暫的歡愉變成身上薄如蠶翼的廢皮，在洗澡時跟著水柱消失在下水道裡。

第一次曬傷就是在與小黑兩人戶外露營的那幾天。小黑習慣了南部的太陽，黝黑的肌膚是陽光的贈禮也是小黑的驕傲。我則是格格不入，即使全身慘白的皮膚隱隱刺痛，也不願掃了小黑的興致。

小黑喜歡燉煮雞湯，他只要提到雞湯，自有一番美食的論述。我看著他滿頭的汗滴，喝著滾燙的雞湯，在初春的陽光下，將雞湯的香氣與小黑臉上的微笑畫上等號。

拖著行李回到家，母親一如往常坐在他固定的沙發位置上歡迎我，一邊看著電視，隨口問了我飛行過程是否順利，我開心地說一切都好，這次都沒有延誤時間。臉不紅氣不喘，多虧了早在心中多次的演練。

我將行李拿回自己的房間，隔著牆回應母親的問話。慢慢整理衣物，將物品歸位，所有事物，不生不滅，不增不減。

坐回客廳沙發上，陪母親看電視，順口問了母親這幾天的天氣。母親說這兩天天氣都不錯，只是他因為腳痛都沒有出門，曾經受過傷的右腳大腿又麻又痠，不知道是否要變天，還是有什麼奇怪的原因。

「你不能坐太久啦！還是要多站起來走動。」我說。

「就很痠痛，都沒有力啊。」他說。

「你都不動的話，就只會愈來愈沒力。」我說。

「我有啊，你每次都說我沒有動。我真的都有在客廳走來走去。」

我脖子上輕微曬傷的肌膚並無法帶回前幾天的陽光。我無力繼續這些不斷重複輪迴似的對話，沉默地看著電視。專注的雙眼，空洞的眼神。

母親真的應該要換個地方生活了。我不覺得母親這樣每天關在家中的日子會讓他開心。

父親還在世時，雖然當時我沒有與他們兩同住，但是很常聽到他們兩會開心地聊到跟著鄰里舉辦的老人旅行團到處去遊玩。有阿里山，也有日月潭。當然，還有台灣各地知名的廟宇。當時，他們還會帶著姐姐未上小學的小孩一起去旅行，每個地方都有留下他們三人開心的合影。

除了這些，他們兩也曾挑戰過日本、泰國、韓國等等，母親最喜歡的是日本，甚至還有一張最喜歡的照片，是他個人穿著和服留下的紀念。因為很多人都稱讚他好美好有氣質，好像日本貴婦。

母親的快樂記憶中，有許多來自旅行的片段。

可是父親過世後，母親就比較不願意出遠門了。最遠是到上海姐姐家住幾天。其他出門的原因大多都只是與我們到外面的餐廳聚餐而已。

母親快樂的記憶沒有繼續增加了。這幾年，他心裡都在想什麼？

「你今年怎麼不去上海住了？」終於有天我還是忍不住問了。

「去那裡很無聊啊。一天到晚關在家裡。」母親還是說了一樣的答案。

「怎麼會都關在家？姐姐還是會帶你出去走走啊！而且不是有請幫傭，也會帶你出去散步啊。」

「他們也都很忙啊！反正住那裡很不方便。」

母親執拗的原因令人不解。我自私的希望母親可以換個地方住，就算不是為了他自己，也希望是能讓我喘口氣。

「可是你在這裡，不也是每天都與我關在一起。這樣有什麼好的？」

話才出口，我就後悔了。我的自私終於超越我的理智。

母親沒有立刻回話。某部分的我也希望母親沒有聽清楚。隔了幾分鐘，母親說，「在這裡有時候會到樓下與一些鄰居老人們聊天，比較不會無聊。」

「好啦。」我點點頭。不再開口。

電視劇上演著同樣荒謬的劇情，但是我們兩人都沒有開口批評。

兩天後，我一樣提著晚餐回家吃，一邊陪母親看著電視，忽然母親開口說，他已經與上海的姐姐商量過了，兩個月後去上海跟他住一陣子。

母親說得雲淡風輕，就跟聊午餐時吃了什麼一樣的輕鬆。

我假裝鎮定，不在意地回了一聲好啊，眼睛不敢看向母親。

母親的假期，心中應該帶有不甘。這樣非自願性地換個環境住，對母親而言，同樣是為了兒女犧牲自己。

這一生，他就只是為了這個目的而活。

有次與思漢聊到各自的父母時，我難掩激動地說，我母親的生活模式是我最大的警示，我這一生絕對不可以將自己活成這個樣子。

自私的我，不懂為人犧牲。母親這個樣子，究竟是怎樣被時代犧牲了？又是怎樣被我們犧牲了？我這一生都不會懂。

我大放厥詞地對思漢抱怨，「我媽那個年代的人最大的悲哀就是一輩子都只是為了兒女而活，完全不管自己想要什麼，或者培養什麼興趣。所以當兒女長大後，他們的生活就失去重心，根本就不知道自己該怎麼生活了。」

「是啊！他們那一輩的概念就是養兒防老啊！」思漢心有戚戚。

「這個概念真的是中國人最糟糕的文化之一。將生命的重心全部放在兒女身上，等自己老了，再將所有壓力放在兒女身上！」我說。

思漢無奈點頭同意。

「他們付出了前半輩子，最後反過來要依賴兒女後半輩子。這樣的文化真是荒謬！然後還用一個高帽子來美其名，說這就是孝道！」我繼續說。

「愚忠愚孝！我們都是這樣被教養長大的。」思漢喝了一口黑咖啡。

「沒錯！一輩子為別人活，或者依賴他人而活。我真的做不到。」

我慷慨激昂的話，放大了我自私的本性。

父親與母親的無私與無怨的付出，怎會教養出我這樣一個自私的人？他們這一輩子的努力，絕對沒有想到會是這樣的結果。

父母親都不識字，用體力與血汗全心全意提供我們一個舒適的成長環境與生活。

自己的喜好是什麼？他們一生中絕對沒有想過這個問題。

我卻無時無刻想著自己，無情地質問母親怎麼都沒有自己的興趣。

我知道母親不識字，但興趣不一定都要與文字有關啊！可以唱歌啊、可以跳舞啊、可以種植物啊、可以去醫院當義工啊……

我自以為是地輕視了母親的生活。

就如同我認為的生活，母親無法理解。

我們都希望對方好，卻都用了自己認知的方式，互相傷害對方。

母親像是不敢讓雛鳥自行飛出鳥巢的方式在疼愛我，我卻像是一心希望逃離豢養的孤鷹，掙脫不了腳上綑綁的拉繩。

母親願意換個地方住，當然並非發自內心。

「強摘的果實不會甜。」想起思漢說過的俚語。

他明知對方是有家庭小孩的人，他還是義無反顧地陷了下去。「愛到卡慘死！」思漢用怪腔怪調的台語化解自己的無奈。

剛認識對方沒多久，對方就表明了身分。說明自己年輕時不知道自己是同志，結婚多年之後，甚至在生了兩個女兒之後，某天起就莫名其妙開始探索這個圈子了。

他在認識思漢之前，也曾經有幾次與同性交往的經驗，但是都因為他的身分特殊而維持不久。其間，更有一任分手後心有不甘，差點毀了他的家庭。他因此被他的妻子發現他不為人知的一面。儘管當時他迫於不能離婚的壓力，所以承諾過他的妻子絕對不會再涉入這個圈子；可是難以遏止的原始渴望，最終還是將他帶入那個圈內知名的黑暗角落。

思漢知道了這段往事，不知道是否加深了想要呵護保護他的心情，竟然無可救藥地愛上這樣複雜關係的人。思漢為此經常苦笑，天命不可違。老天就是愛作弄人。

愛了就愛了，就要遵守他的規則。思漢不得不勉強自己配合他的作息。

可是委屈又能撐多久？終於有天思漢爆發了。

思漢一直渴望可以有段完全屬於兩人世界的旅行，但是對方始終不肯。

「究竟為何不行？你就說你要去出差，不就解決了嗎？」思漢的語氣開始不耐煩。

「沒這麼簡單。我老婆自從那次之後就變得疑神疑鬼。」

「可是你也常出差啊？他不會知道！」

「他每次都會問得很詳細。有次甚至還打電話去公司假裝找我。還好同事直接告訴他我出差了。」

「所以你永遠都不能過夜，我們就永遠都要像偷情一樣？你每次來都是匆匆忙忙地做愛，然後就匆匆忙忙離開。你把我當什麼？洩慾的工具嗎？」思漢忍不住大怒。

「你真的這樣說？」我很難想像思漢會說出這樣的話。

「沒錯！我實在是太生氣了。」思漢一想到當時，整個火氣又上來。

「別氣了。都過這麼久了。」

「我知道，沒事啦。只是每次想起來就覺得當時真的是鬼遮眼，才會那麼死心眼。」思漢那段感情談得很痛苦，我當然知道。

「那次吵完後，他就勉強安排了一次國外的旅行。可是根本就不是兩人的旅行，我只是跟他一起去出差而已。白天他就去忙公事，我就一個人在飯店游泳運動，或者自己去外面逛街，等他下班後，我們才一起去晚餐。就這樣！他就將它當作是兩人的旅行了。」

「整個旅行中，我都覺得好委屈！擺明就是一個見不得人的小三！」

「強摘的果實不會甜。」思漢就是這時候說了這句話。

「因為太生氣，到了國外，我們兩人反而都沒有做愛。他可能也覺得是被我強迫的，所以也對我不爽吧！我們就像是兩個不熟的陌生人一起旅行，相敬如『冰』。」思漢含住一顆咖啡內的冰塊，用力地咬著。

「既然不開心，幹嘛去呢？」我只能苦笑。

「人生就是這樣，有些事明知道不會開心，可是就非得去做。」思漢看似倔強的話語，卻像是人生警語，不得不讓人深思。

就像我欺騙母親的出差，就像母親一氣之下決定去住上海的姐姐家。都是非做不可的事。

小菲竟也做了類似的事。

小菲去了一趟俄羅斯。一個人在皇宮前廣場上留下了美麗的倩影。

當我納悶怎麼沒看到他們夫妻倆的合照。小菲才說是自己一個人跟團去的。

「自己去的？」我不可置信地重複了他的話。

「是啊！他都自己與朋友出國玩，我當然也要安排自己的活動啊！」小菲說得一派輕鬆。

我沒有繼續回話。聽得出來，這不是小菲的真心話。

「我喜歡去這種有歷史文化的地方，他不喜歡。」小菲無所謂地笑了。

「一個人跟團？這樣住宿問題怎麼辦？」我故意轉移話題。

「不會啊。反正旅行團要負責！他們敢出團，就要負責安排好！」

寧願與陌生人同房的一個人的旅行。他已經不是我認識的那個害怕孤獨的小菲了。他什麼時候變得這麼獨立堅強？這些年經歷了什麼事情？他的婚姻，還好嗎？

我不敢問。慢慢地喝著咖啡，我知道小菲想說時就會說。

我們各自沉默了一會，小菲才若無其事地說，他先生喜歡小賭。

「一開始的理由是因為工作壓力大。之後，我也懶得理他，我們就各過各的了。」小菲無所謂的樣子。

這就是中國傳統的婦女吧！我心想。就算移民到了澳洲，血液裡流淌的，還是認命的基因。

「反正這樣也很好，大家互不干擾，才不會有摩擦。他想去哪就去哪，我不會攔他。我到處跑，他也不可以有意見。」小菲開朗地說。

「也是。聽起來也不錯。」我真心認同。只希望小菲也真心快樂。

原來我們在不同的時空中都各自安排了自己一個人的旅行。

我在溫熱帶的地方曬著太陽，小菲在寒帶國家看著歷史古蹟。一南一北的我們，夜裡是否看著同樣的月亮，各自擁有擾人的心事。

這樣的假期原本是自己藏在心裡，像是大自然界的動物本能，受傷時會找個地方療傷。我們分享了彼此的祕密，心中一道冤魂緩緩脫身，飄散到蔚藍的天空。

小菲說他兩天後就要回澳洲了，這趟返家之旅讓他充滿淚水，不過也讓他得以釋懷。俄羅斯之行，讓他修復了自我關係；這次回台，讓他重新整理了與母親之間的關係。

假期的意義，無論是否主動，都有其效益吧！

母親說了要去上海住之後，隔天他就急忙地要姐姐幫忙訂機票與辦理相關證件等。姐姐告訴母親不用急，時間還久，可以慢慢處理。可是母親並沒有放輕鬆，他每隔兩天就問一次進度，主要是因為早一點拿到機票，他就可以帶著機票去醫院回診時請醫師開給他足夠的藥量，以避免之後恐有斷藥危機。

姐姐迫於無奈，很快地請旅行社提供了相關的機票資料。出發日期是母親看了黃曆後決定的，回台日期未定。所以旅行社開了一張三個月票期的機票，讓我們保持期間的彈性。由於票價會比一般短期的機票貴一些，姐姐很快地將機票的資訊傳給我，看我是否同意。

「還那麼久的時間，變數很大，只能這樣啊。」我回傳了這句話。當下是直覺的反應，並沒有任何情緒。

這一次我主動提出要送母親去上海，而且會負責這次的機票費用。母親聽到時有稍微嚇了一跳，擔心地詢問我怎麼會有時間。我說沒事，請個假就好。

總覺得這一切因我而起，我必須付些責任。

母親的假期就這樣決定了。但是母親並沒有期待。師出無名，母親是個愛面子的人，突然決定要去上海住些日子，他總得想些藉口，讓這件事合理化。

一開始，他說是因為拗不過上海姐姐的極力邀請，最後只好答應。

「之前問你今年要不要去上海住，你還說不要。」姐姐忍不住調侃他。

「就你姐啊！囉哩囉嗦，煩死了。」母親堅持自己的藉口。為我們倆找了台階。

「隨便你，你高興就好。」姐姐也不覺有異，似乎已經習慣這些年母親的任性。

我坐在旁邊假裝看著電視，不敢說出實情。其實是我要媽去住的，因為我受不了了。這才是真正的原因。

我當然沒有說出口。我已經夠殘酷了，何苦再去拆穿母親善意的謊言。

可是母親編的這個理由，母親自己不滿意。

幾天後，母親改口說，他是要去上海養生的，因為有人送了上海姐姐很多頂級食材與藥膳，所以他剛好可以去補身體。

母親的假期終於有了正當的理由。母親才開始做出國的準備。

除了他最重視的藥之外，他想到天氣，要帶厚重的外套與長袖內衣等，然後想到要送禮。要為上海家中每個人準備好吃的鳳梨酥。

看著母親忙於準備，我心中有說不出的矛盾。
我為我的假期編了一個謊，也連累母親做出類似的事。
母親又恢復以往晚飯後的心情，一邊吃著水果一邊嘲笑電視劇荒謬的劇情。
「有時候生命中發生的一些事情比這些劇情更荒謬。」姐姐曾經這樣回過母親。
「是的。」C'est la vie. 我點頭贊同。

日六

每個周日就像是我的放風日。

姐姐對母親很好，幾乎每個周日都會回家陪母親一天。包含協助料理午餐，以及整天在客廳陪母親看電視等等。

有時候，姐姐的先生與小孩們也會一起回來。

我就會趁這天家裡人多，一個人外出。外出理由很簡單，運動或者是朋友聚餐。

通常沒有人會說什麼，總是在我出門時開心地向我道別。

只有母親一開始會小小抱怨。說大家難得聚在一起，我就偏偏要往外跑。說我是孤僻個性。

我其實很開心看到大家，也想與大家相聚。只是，我需要透氣。這件事，母親不會懂。其他人卻都能體會。尤其是姐姐。

也或許被母親說中，我真的是孤僻，我無法接受被束縛。人與人之間的束縛，不管是哪種，都有自私的成分在。

無形的力量最可怕。

我只有趁大家都在，我的束縛才會稍微鬆綁，我才能稍微逃脫，享受一天的自由。

有時候出門的當下根本沒決定要去做什麼。我有點像是逃難似的先離開現場，調整完呼吸後，才會開始思考接下來要做的事。

天氣好的時候，會去戶外走走，甚至運動。天氣差的時候，就有更多事情可以做，可以去書局看書，或去看電影，或者去泡湯。

不管哪件事，我都是一個人去做。很少找朋友，也不想要找朋友。我需要獨處。

或許我是孤僻的。

思漢曾警告過我，心裡不要悶著，有事就要說出來。我笑著回答，你還不是一樣。

這些看似平常都能做的事，在這種專屬個人的時間裡，格外有意義。

我的怪異行為，姐姐不但最能體會，也因此堅持每週日回家陪母親。同時，讓我能外出喘口氣。

有某部分原因可能也是出於內疚。

當初父親剛過世時，由於太過突然，我們這些兒女們都住在外縣市，一時間對於應該如何照料母親，算是亂了手腳，不知道應該如何安排。這時候姐姐義無反顧第一時間說出願意搬回家與母親同住以便照顧他。這讓我們其他人都非常感謝他。於是處理完父親的喪事之後，就各自回到自己住處，天真地以為生活會慢慢回復原狀。

天真的某個層面是不願面對，當然也有部分的自私。

沒想到姐姐搬回家的一個月後，當我假日回家探望母親，發現姐姐的表情與行徑變得格外生疏，有種勉強與我對話的感覺。用餐完畢後，姐姐就說自己要先回房休息了。當時，我似乎看見姐姐的眼眶泛淚。

我找了藉口到姐姐房間想與他聊聊，不意外地，姐姐立刻就哭了。我靜靜地坐在旁邊看姐姐哭，心裡跟著難受。姐姐哭了一會兒就試圖壓抑自己的情緒，拭去眼淚，慢慢說他真的覺得壓力很大，因為要照顧母親，還要配合他的作息，讓姐姐覺得自己每天的精神都處在高度緊繃的狀態，幾乎無法喘息。這些是無形的壓力，他不知道該怎麼辦。

我嘗試安慰姐姐，可是其實內心沒有任何更有建樹的想法或計畫。這就是我們的天真。生命會不斷挑戰我們的極限，然後取笑我們的無能為力。

我看著姐姐哭紅的雙眼，於心不忍。我覺得我也該負些責任。「沒關係，我搬回來和母親住吧。」就這樣我在毫無計畫與心理準備下，開始了我另一個生命的挑戰。

姐姐因為親身經歷過，所以是最能理解我的人。

「沒有經歷過，就不要說你懂。」

我當時對小菲說過這句話。

「你只能心存感激，但是你無法體會他們就近照顧所需要付出的心力與壓力。儘管你可能無法認同，但那是在多少摩擦的相處下所出現的變化，你根本不知道。所以你只能感謝，不該批評。盡力做好你想做的事。這樣就好。」我臉上掛著假意的微笑說。

小菲或許覺得我的話有點殘忍吧。不過，他說他的確也是在努力調適自己，不要去在乎太多。而是盡力而為。

我就是這樣。所以才會讓自己有放風日。我只能盡力。

畢竟，我們都是獨立存在的個體。

可是母親不這麼認為。母親永遠將小孩視為他生命的一部分，即使已經切斷臍帶，即使我們年齡再大，他都無法忘記我們曾是他身體的一部分，我們永遠都不會是個體。

母親會笑著說，沒辦法，這是天性。對母親而言，小孩永遠都是小孩。

母愛，不會因為時間流逝而消失。

就連母親懷孕補胎時一人吃兩人補的概念，都會根深蒂固存在母親的腦中。

有個笑話說，從小一直以為母親喜歡吃雞腳，因為母親永遠將雞腿留給孩子們吃，自己永遠都只吃雞腳。所以孩子們長大後還會刻意買雞腳給母親吃。直到母親坦承自己根本不喜歡吃雞腳。

為了這個緣故，我儘量不讓母親知道我喜歡吃什麼。也儘量不與母親一起用餐。就是不希望他刻意留食物給我。

可是母親總有辦法找到方式表達他的關愛。

他會藉初一十五祭拜為由，準備一大堆的水果。即使家中只有我們兩人，他都會準備像是至少五人大家庭的份量。

他說，這都是因為要祭神，沒有辦法。

然後自己卻吃很少，說自己的身體不好，有些水果不能吃，太冷或太燥都不行，他的身體會不舒服。所以都留給我吃。

一開始我無奈接受，然後母親就會變本加厲，買更多的水果。

直到有天我實在忍不住，希望他不要再買這麼多水果，他因此與我吵了一架。這些水果都不能省，因為都是為了祭神。

為了神，我的抗議，是大不敬。

最後我只好消極抵抗，不吃這些水果。

母親發現水果都沒有變少時，責怪我為何都不吃。我直言，因為太多了。你買的，你自己吃。我的叛逆，成了忤逆。即使我期望他可以自己吃，畢竟他比我需要營養。但是母親不願妥協的母愛，不會因為我不吃就作罷。

母親雖然生氣，依舊繼續買很多水果，等放到壞了，就繼續責怪我。

對他而言，水果的浪費不是因為買太多，而是因為我不吃。

就這樣，他的母愛，成為我們經常口角的原因。

我是人在福中不知福吧。或許有些人會這樣想。

我心中渴望的福氣，是母親可以為了自己而活，不要再將重心放在孩子們身上，這樣，我們才可以為自己而活。

斷、捨、離，我曾經努力為自己活過。當小黑離開我之後。

有好長的一段時間，我一直無法改變先前兩人在一起時所養成的依賴。尤其是夜裡，身邊少了一個溫暖，冷到無法成眠。我才知道，依賴對我造成的傷害有多大。我也才知道，我應該多愛自己一些。

多年以後，我才慢慢懂。

當時搬回台北，找了一間新店山區的小家庭式住宅，背著山面著谷，雖然思漢抱怨我住在世界的盡頭，所以只來過一次就不願意再到我住的地方做客，但是，遠離人群後，我多了很多時間與自己相處。我開始下廚，不定時就會研發新菜。還種了一些盆栽，像是蘭花等。

某天一個人在家吃過晚餐之後，我泡了杯茶在客廳窗邊坐下，看著山頂上靛藍色的天空中那一輪皎潔的明月，映照著山谷內一片燈火通明的住家，窗邊一株粉紅色的蝴蝶蘭兀自綻放著美麗。花開了至少兩個月尚未凋謝，好美，這一切都好美。

我開始懂了。

那是段美好的歲月。

習慣了一個人之後，就很難再接納另一個人出現在自己的生活中。

我果然是孤僻吧！母親或許是對的。

一個人住的時候，反而不喜歡晚歸，喜歡宅在家中享受一個人的時光。也會常常打電話回家問候爸媽。

與母親住了幾年之後，愈來愈不喜歡太早回到家。就算一個人躲在誠品內看書都好。

有次，母親因為我的晚歸而對我發脾氣。當時大約晚上十點左右。

「這麼晚還有公車嗎？」母親壓抑著不悅的聲音。
「有啊！公車開到很晚。」我感覺到氣氛不對。
「怎麼都這麼晚？是在忙什麼？」
「沒有啊！就朋友一起吃飯。」
「這麼晚回家，很危險。」
「有什麼危險？我又不是小孩子。」
「作母親的就是傻，永遠都會擔心孩子。」母親的語調明顯不悅。
「你知道姐姐們回家了嗎？」我也開始不悅。
「我管他們。我又沒和他們住。」
「所以看不到就不會擔心嗎？那我是不是也要搬出去自己住？」我的叛逆，並非年少。
那天晚上母親不再說話。我們冷戰了一夜。
思漢說，「你媽媽已經很好了。要是我媽，只要我沒接電話，就哭了！」
「太誇張。」我第一次聽的時候不相信。
「真的！我有次就是沒有接到電話，後來打電話回去，我媽就已經在哽咽了！所以我都不敢不接我媽的電話。而且，晚上九點過後，我只要讓我媽知道我沒有在家裡，他就會開始擔心，開始胡思亂想。所以每次晚上他打電話來，我都要假裝我在家裡沒有外出，這樣他才會安心。」

「好吧！你媽比較誇張。可是，你又沒和他一起住。」

「也是。你真的比較辛苦。」思漢終究在這樣的議題上無法與我相爭。「我要是與我媽住，我一定會瘋掉。」

小菲也這樣說過。

小菲雖然遠在澳洲常常因為擔心母親而失眠，甚至偶爾會落淚，但是都比不上他回到台北照顧母親這段日子的折磨。

他說他的母親非常任性，完全無視他的關心之外，更常常無情地要小菲不要管。這讓他非常傷心。他完全不知道該如何幫他的母親。

光想到自己的付出都不被珍惜，小菲就會落淚。

最後小菲也只好狠心地對他母親說，「身體是你自己的，你想不想好起來，隨便你。」放手，是我們人生中最重要的課題之一。可是我們都學不會。

就是這樣的死腦筋，我們大家都不快樂。

「隨便他吧！畢竟他年紀這麼大了，他開心就好。」母親在醫院接受治療時，護士輕描淡寫地說了這句話。

當時護士在幫母親彙整所有的用藥紀錄時，發現母親有過度依賴某些藥物的問題。他說那些藥物不應該長期服用，我無奈表示母親已經吃了很多年，完全斷不掉。而且又聽到母親在一旁說他只要一停止使用那些藥，就會不舒服。護士最後也不想爭論，才說出隨便他吧。

或許，只有淡如水的關係，才是最尊重彼此的愛吧。

可是學不會，只好周日一個人外出放風。

無論風箏飛得多遠，時間一到，那條看似隱形的線就會慢慢收回，最後將風箏拉回原地。

晚上回到家一進門，姐姐會開心地說回來了啊，母親會問吃飯了沒，我會開心地在客廳坐下，一起看電視。

日七

有多久沒有睡好，我想不起來了。

每次為了睡眠問題就診時，醫生總會這樣問我，我實在不知道究竟是從何時開始的。每次只能籠統的回答，很久了。

之前的問題不是睡不著，而是睡著之後很多夢，尤其很多噩夢，所以當然愈睡愈累。近來有惡化的情況，開始會睡不著了。躺在床上，整個腦子感覺像是過熱的引擎，停不下來。受不了吃顆安眠藥之後，才能稍微順利入睡。但是，噩夢依舊沒有停。

有幾次甚次從夢中大叫驚醒，全身都是汗。溼透的床單特別冰涼，必須換掉整床的被單才敢躺下去。有時候實在太累，只好鋪上一條大浴巾在汗濕的床單上，嘗試再度入睡。

「既然睡不好，乾脆就不要睡了啊！」有一次姐姐這樣告訴我。他說，他雖然很少會睡不好，但是偶爾遇到一兩次，他就乾脆不睡，起床開燈作其他事，有時候是打坐，有時候是看書，有時候會乾脆處理公事。

我也想這樣，但是試過幾次，的確不睡也不錯，可以起床做很多事，但糟糕的是，隔天就會特別累，整天精神不濟，昏昏沉沉，反而讓整天的工作效率非常差。原以為，累了一天到家應該就可以好好補眠，可惡的是，只要一躺下，就又失眠。只好又吃安眠藥，然後又開始作惡夢，如此重複折磨，我覺得快要崩潰。

為此，我找過不少醫生。一開始，嘗試了中醫一陣子，醫生說是氣虛，說我的氣太弱，像是六七十歲的人。所以必須長期調氣，才能改善。陸續吃了幾個月的中藥之後，依舊未見成效，我的耐心也磨盡，只好轉換西醫。光是西醫，我也至少看了三家知名的大醫院。第一家的醫生問診很仔細，但是在不作任何檢查之下直接判斷說我是壓力過大，所以開了安眠藥給我；第二家的醫生比較謹慎，幫我安排了腦波檢查與腦斷層掃描，一星期之後回診看了報告，由於一切正常，所以開了放鬆精神的藥給我。第三家的醫生也在詢問過後，建議將我轉診精神科。當然也是開了安眠藥給我。

我因此放棄治療，開始依賴安眠藥。

不同醫院給的安眠藥也有不同的藥性，每種都試過之後，才能發現自己適合哪一種。剛開始服用第一種安眠藥時，的確難得地讓我快速入睡，但是隔天醒來後，整天腦子都昏昏的，像是開啟不了的電腦，根本無法工作。第二種是放鬆精神的藥，雖然藥效不會很快讓人入睡，但是入睡之後，可以有大約三小時的藥性，然後才開始做夢。雖然不盡理想，至少有幾個小時的深沉睡眠，也算可以接受。

最後一種最好，可以讓人睡足六個小時。吃完不到半小時，我就感覺天旋地轉，然後就進入深沉的睡眠狀態，直到六個小時的藥效退散，自動醒過來。因為很難得有這樣充足的睡眠時數，這讓我像是在溺水時幸運抓到的浮木，格外感恩。

然而，浮木終究不是長久之計，過沒多久，原本藥效可達的入睡時數開始慢慢減少，有時候，就算吃了，也還是整晚翻轉難眠，或者，噩夢連連。

什麼樣的夢？我也說不清楚。大多的夢都會在醒來之後遺忘。只有幾次，因為哭醒或失聲尖叫，因為驚嚇過度，心跳久久無法慢下來，才會記住。

可是就算記住，也都是不成意義的片段。黑暗的房間內，加速的心跳與兩行莫名的眼淚，一臉惶恐，釐不清身在何處。

最常夢見的，都是有關戰爭。砲聲隆隆，子彈亂飛，塵土飛揚天昏地暗，我雙手持著槍，神情緊繃地躲在坑道中，不知道在等待什麼。

父親從另一邊衝過來與我會合。他大聲地對我說了些事，我聽不清楚，也大聲地回他，要他緊跟著我。

我對父親示意後，就開始往前衝，一邊開槍射擊，同時壓低身體。父親跟在身後掩護我，我們兩個快速地跑過幾個土丘，在抵達我們原本計畫的目的地前，父親被子彈射中，倒臥地上。我回頭使盡全身力量要移動父親，但是完全拉不動。

最後，好不容易將父親拖下最近的坑道內，我壓著父親身上一直冒出血的傷口，大聲狂吼，眼淚直流。

渾身都是汗，我驚醒在自己黑暗的房間內。止不住眼淚。

父親大約過世了十年，這是我第一次在夢中見到父親。

父親的模樣沒有變，甚至比較年輕。

我坐在床上回想剛才的夢境，片段碎裂如彈片殘骸，影像畫面流逝的速度比煙霧消退還快，父親在我未乾的眼淚中早已消失，僅留下驚恐未定的我。

記憶中父親生前總是沉穩從容，不曾看過父親害怕或不安。很容易就想起父親的笑臉，扶著我搖搖晃晃的腳踏車，我雙手不聽使喚地左右搖擺，腳踏車的龍頭也不聽使喚，父親在後方一直帶著笑容要我不要害怕，要我慢慢踩，往前看，往前看。

那天太陽很大，父親流著滿頭汗，我笑嘻嘻地像是初學走路的小嬰兒，空氣中都是歡笑聲。我的眼淚又不爭氣地直流，黑暗中獨自蜷縮在床被中的我，壓低啜泣的聲音。

沒有意義的夢，父親不會以這樣的方式回來看我。

更何況，我堅信父親早已成仙成佛，跳脫六道輪迴，不再過問世事，不需感受人間疾苦。沒有夢到父親，就是最好的訣別。

姐姐也說從未夢到父親過。母親也是。都是十多年過去後，大家才紛紛夢見父親。

母親的夢，是說父親坐在他的床角看著他，母親問父親怎麼在這裡，父親回答，一直都在。這是母親前一陣子昏迷之後從醫院回家靜養後，某天夜裡夢見的。母親臉上帶著笑容說這件事。母親因為夢見父親後，降低了前些日子病痛時帶來的侷促不安。

姐姐說忘了夢中發生了什麼事，只記得有看見父親。醒來後臉上都是淚。

我們都想念父親。

不過是夢，何必當真。

另外一次是看見自己全身被五花大綁困在一個廢墟內，四面昏暗看不清楚，一堆人對著我叫囂，我根本聽不清楚他們說了什麼，或者想要什麼，然後對我就是一陣拳打腳踢，我咬著牙承受著，忽然看到一個熟悉的面孔出現，微弱的光影在他的臉上忽明忽滅，他給了我一個冷酷的微笑，然後從胸前拿出一把短槍，抵在我的前額，我來不及反應，碰。

我大叫坐起。心跳聲在漆黑的寂靜夜裡格外大聲。後腦有劇烈的頭痛，像是戴著緊箍的頭套，讓我痛到想撞牆。

其他荒謬的，還有夢到小時後在春節期間大家都忙著要趕車回家過年時，母親牽著我的手趕路，月台上的人潮實在太多，母親與我左推右擠地好不容易搭上列車，可是車廂內一樣滿滿都是人，根本動彈不得。母親與我站在最後一排的座位後方，椅背下剛好有個小小的空位可以讓我蹲坐在地。我乖乖地躲在裡面，雖然車廂吵雜，我還是慢慢入睡。

不知睡了多久，忽然驚醒。母親早就不見了。我在人群中找不到母親，於是害怕地放聲大哭。聲嘶力竭，直到哭醒。一身都是汗，眼角掛著眼淚，心跳加速。

現實中，不曾發生過這樣的事。可是恐懼感卻很真實。

也有離奇的夢，我根本不在夢中，主角是思漢。他開著車，臉上有兩行淚。失速般地在夜裡狂飆。我像是看著3D的電影，畫面跟著他的車子快速地前進。一片黑暗中，只有車前燈處是亮的。

忽然間，一輛大卡車從黑暗中衝出，思漢根本來不及閃躲，一頭撞上。思漢的車子在地上滾了好幾圈後才停在路旁。車上的思漢全身都是血。

我驚聲大叫坐起。希望這一切不是真的。

隔天，我掙扎著該如何告訴思漢這個夢。最後是以提醒他小心開車為由的方式。我們倆都笑說夢境與事實是相反的，只要開車小心就好。不要當真。

隔了一星期左右，思漢打電話告訴我他出了一個小小車禍，他騎著腳踏車在路上，竟然莫名其妙被一輛經過的轎車擦撞到，害他跌倒。不過還好只有手腳輕微的擦傷。

我們兩雖然覺得離譜與生氣，可是另一方面也衷心希望是化解了一個大災。思漢說完後，笑著說，以後還是儘量不要夢到他。我們倆都笑了。

這些莫名其妙的夢，當然不需要告訴醫生。只是的確讓我的睡眠深受影響。

「你應該去度個假，讓自己放鬆一下。」姐姐有天這樣提醒我。雖然不知道我有什麼怪夢。剛好那一陣子思漢也想要去散散心，我們兩個便快速地決定了某個旅遊行程，其實去哪裡不是重點，重點是讓我們遠離週遭習慣的環境。

跟著旅行團四處遊蕩，我們沒有專心聽導遊的介紹。只是專心看風景，單純心緒放空。隨意用手機到處拍照，手機留下的記憶遠遠超過我們。

唯一最有印象的事，發生在第三個晚上。

我們兩如同前幾晚都在飯店房間內瞎混到約莫凌晨一點左右才關燈睡覺，感覺上像是熟睡了許久之後，忽然間我整個被嚇醒。思漢從隔壁床翻身坐起朝我這邊失聲狂吼，面露猙獰且瞳孔放大，完全不像是他平常的樣子。

我驚嚇著不知該如何反應，只好一邊大叫思漢的名字，一邊雙手大力擊掌，希望藉由聲響將思漢叫醒。

思漢狂吼幾分鐘之後，終於慢慢停下來。

我的雙手紅腫，他的聲音沙啞。

「你怎麼了？還好嗎？」我害怕地說出這幾個字。思漢瞪大的雙眼才慢慢柔和下來，看了我幾秒之後，緩緩地說，「作惡夢了。」

「嚇死我了。」我鬆了一口氣。但心跳仍快。

「也嚇死我了。」思漢也說。

我們兩個躺在床上，一動也不敢動。過了一會兒，我建議開燈以及開電視，反正我們都不敢再睡了。

那個時候才知道是凌晨三點多而已，但是那個晚上我們就這樣撐到了天亮。一整晚都沒有討論發生什麼事。只說了回到台灣後，要立刻去廟裡收驚。

從那天之後，我晚上更不敢入睡，而且作惡夢的次數似乎也增加了。

只是這些噩夢與之前都不同了，都比較像是邪靈入侵，都是恐怖電影般的驚悚。

有一次是在半夢半醒之間，覺得床腳邊站了一個人，雖然沒有看到，就是感覺到有個人在床腳邊不動。儘管全身顫抖，依舊鼓足勇氣微微睜開雙眼想要從被單一角偷窺。果然看到一個隱約的身型，雖然恐懼至極，但是擔心或許是竊賊闖入，只好不管後果，大叫著坐起身。

其實，身體根本沒有動。我只是眼睛睜開。房內寂靜無聲。香氛機弱小的氣化運作聲在黑暗中隱約有水波流動的聲音。像在山洞內深處，不刻意聽是不會聽到的流水聲。

實在很難繼續入睡，只好打開大燈，拿出手機google了心經，然後開始唸誦。

後來又過了一些時日，像是續集的夢出現。這次床邊的人開始移動，我有強烈的感覺他們是要來抓我的，我以為我躲的很好，但是他們步步逼近，我可以想像得到他們猙獰的面孔，雖然我根本完全看不到他們，卻有巨大的恐懼感壓迫著我，我像是緊閉雙眼退縮在牆角等待救援的無助小狗，全身顫抖，卻無能為力。

就在那個人要掀開我的被單的那一刻，我失聲大叫自己掀開。

房間內還有我大叫留下的回音，我其實沒有掀開被單，因為它是夾在我的腋下。我只是睜開了雙眼。

這次的驚恐猶勝前次。我在床上繼續顫抖著，根本不敢下床。儘管知道這一切都是夢。最後，還是鼓足勇氣下床開燈，然後再次找出心經。

……無有恐怖，遠離顛倒夢想……

不要來找我不要來找我你是誰這是哪裡我在哪裡我要去哪裡為什麼會這樣你要什麼我要什麼你從哪裡來你看到什麼你拿著什麼我不要什麼都不要給我……

般若

你們坐在咖啡廳沉默無語，看著週遭喧囂與滿臉笑容的客人，其中一桌興致高昂熱情聊天的四位女生引起了你的注意，他們臉上滿是笑容，一人一語你來我往，雖然聽不到他們在談論什麼內容，但是根據他們臉上的表情，就算是不開心的話題，也會輕易被他們一笑帶過。由於他們太過投入在自我的小團體當中，完全不在乎店內其他顧客，你忽然覺得他們好幸福，自在無慮，就算這個聚會在未來可能不會存在任何意義，甚至未來根本會忘得一乾二淨，但是此刻當下的歡愉，讓這一刻成為永恆中單純的快樂。純粹的快樂，毫無雜質。

你突然覺得這一刻好重要，你希望他們不要忘記。於是你腦中生出一個瘋狂的念頭，你想要幫他們延續這份快樂，你要製造一個令他們難以忘懷的記憶。你將這個念頭告訴坐在你正對面的好友，他不可置信看著你，他說你瘋了，這一點都不像你。你瘋狂的念頭讓你臉上出現詭異的笑容。你說人生苦短，何不瘋狂一下？

於是你站起來走向這一桌的女生，你的腎上腺素讓你的雙眼瞳孔放大，你有種不可被侵犯的自信，你彷彿對接下來要做的事瞭若指掌，甚至覺得義無反顧。你走向其中一位女生旁邊，很紳士地打了招呼，四個女生同時間安靜下來看著你，你簡單自我介紹並表明來意，你希望他們不要嚇到，當然也不期待他們會相信，因為你說你可以看到每個人的前世今生。雖然他們臉上各有質疑與驚恐或不屑，你完全不在意，甚至沒有給他們插話的餘地，你逕自快速地將你的來意表明清楚。你說，你因為發現了一段姻緣，因為太過難得，你才會做出如此唐突的舉動。你將手指向隔壁桌的一位男生，你告訴這位身旁的女生，「他，就是你今生註定的另一半。」那位男生被你的手一指，毫無頭緒地看著你。你說他們已經有好幾世姻緣，此生也絕對不能錯過。這兩個互不相識的男女在這時才正眼看了對方，他們兩人臉上表情除了尷尬，還有一絲的靦腆，其他三位女生臉上都出現一種看好戲的表情。

你當然順勢就編了一段兩人前世情未了的故事，然後斬釘截鐵地希望他們兩人絕對不要錯過對方。不過，你為了取信他們，反而採取以退為進的方式，你說，「你們大可以不相信這些話，但是，為了不留遺憾，彼此互留臉書總可以吧！等你們慢慢了解對方之後，就會開始相信這段前世註定的緣分。」

你鼓勵兩人交換臉書，也鼓動其他女生一起煽風點火，當下一切順勢而為，你輕鬆地改變了兩人的命運。然後你瀟灑地離開他們，像是一陣來去無影的春風，吹動一池春水。

❖ ❖ ❖ ❖ ❖ ❖

你再次睜開眼時，眼前黃沙滾滾，煙霧瀰漫，砲聲隆隆，你一度不知身在何處。這時你聽到有人大叫著你的名字，你才緩緩地回過神，想起一定是剛才一顆落在你身旁不遠處的砲彈將你震暈過去。你掙扎地翻起身，驚訝地發現自己竟然全身毫髮無傷，你快速提起槍，彎著身衝向你戰友身旁。

你的戰友確認你沒事之後，表明繼續往前殺出重圍。接下來發生什麼事，你全部都是無意識的行為，槍林彈雨之中，你像是被設定好的機器，在分不清天南地北地黃沙煙霧中，你被無形的線拉扯著四肢，不協調但規律地向前進，在攻守之間，畫出抽象的路徑。

當你恢復意識時，震耳欲聾的砲聲早已停歇，你們一行人全部躲在一個壕坑中。夜深人靜，視野所見的樹林中幽暗不明。抬頭看不見天空，四周濕氣與煙硝味混雜，你只聽到耳邊戰友急促的呼吸聲。

你口乾舌燥，想喝點水解渴。水壺內早已沒有一滴水。戰友身上也沒有。你們就地等候雨水，可是遲遲無雨落下。最後，你們倆都無法再等。你們趴在地上，就著腳邊的水窪，喝了一口。滿口泥沙之外，還有鹹腥的血味，以及一股惡臭的屍味。你的胃一陣翻攪，你還是硬將污水吞下。

活著最重要，什麼都沒關係。你想。好不容易這麼一路下來還能活著，你要繼續活下去。你要撐過這些毫無意義的戰亂，你已經不在乎誰勝誰負，你只要活下去。你要活著見證這一切的荒謬。你要活著回家，活著再見家人。這才是唯一的意義。

❖ ❖ ❖ ❖ ❖ ❖

你原本嗤之以鼻的那些未出櫃同志的複雜家庭關係，卻諷刺地一而再地出現在你的愛情選項中，你覺得無力再繼續反抗。如果這就是你的命，你願意從中尋找新的意義。

當初你離開他之後，就堅定地跟自己說此生絕對不再碰有家庭的人。你既然選擇了這條路，就決心不願再過見不得光的生活。年輕時犧牲自我的愛情，最後依舊落得心痛收場，你決定不願再委屈於沒有對等的關係中。

可是愛情的樣貌並沒有如你想像的簡單，它像是潘朵拉的盒子，不小心開啟後，就竄出千奇百怪的面貌，讓你儘管尚且存留一絲希望，都不得不嘗盡苦難方能抵達彼岸。

你第一次聽到朋友談到他們的家庭成員時，你驚訝地瞪大了雙眼，原來自己還活在非常傳統的愛情觀中。朋友說，當初他們一開始也是兩人世界，他們非常相愛。可是多年後，愛情慢慢昇華成為親情，他們之間少了激情，卻又無法將彼此排除在生命外，最後兩人協商出新的相處模式，他們接受了彼此重新尋找擁有激情的另一半。於是，兩人各自又重新出現在交友市場中，也順利地各自找到擁有激情的另一半。現在，四個人生活在一起，有家人，有伴侶。

這不是愛情了。你原本以為。可是，究竟什麼是愛？你也愈來愈不清楚了。你看到他們四人相處融洽，原來相愛的兩人，依舊體貼關心彼此，雖然後來加入另外兩人，但是愛，在他們倆人之間沒有消失，甚至因為出現了更多人之後，他們變得更加包容。

你迷惑了。你不知所措。此時，老天接二連三讓你認識到心儀的對象，可是對方都是已經有伴侶的人。你明知不該接受，所以一一放棄。你總覺得，堅持了這麼久的愛情，如果到了現在才妥協，那以往所有的眼淚，都會變得可笑與毫無意義。你心存希望，哪怕只剩一絲一毫。

希望，是人活著僅存的唯一動力，卻也是執拗不前的某種阻力。你何時看破的？當他出現在你的面前，你知道你已無力反抗，堅持與否都已不再重要。愛的對與錯、是非善惡，你都願意承擔，你都接受。為了他。然後你很快地從一個人，變成四個人的世界。你的世界觀變寬了。你變得更包容了。

你與他一起走上街頭，你們要爭取多元家庭合法化。你從此懂了愛，也希望更多人可以懂。

❖ ❖ ❖ ❖ ❖

你回到家見到丈夫時，還是忍不住緊緊抱著他大哭了一場。雖然你在台北的時候幾乎也是每個晚上都要哭著對他訴苦完之後才能入睡，但是見了面，你依舊忍不住，這些日子你內心的委屈與掙扎，你都需要一個溫暖的肩膀，讓你澈底放肆一番。

他溫柔地抱著你，輕聲地在你耳邊說，沒事的。你知道會沒事的，你也知道你會堅強的。但是你還是需要好好地哭一場。這是一個儀式，揮別過去，迎接未來勇敢的自己。

你的眼淚中，看見受傷臥床的母親，固執己見的母親，獨立的母親，還有多年前突然過世的父親，身體健康的父親，溺愛你的父親，還有來不及奔喪的自己，在夜裡哭醒的自己，與母親爭執的自己。還有，抱著你的這個男人，關心呵護你的男人，卻各自過不同生活的男人。

你看見母親的努力，你看見父親的付出，你看見丈夫的成全，你看見自己的成長。

你的眼淚讓你看懂了這一切。你的眼淚讓你下定決心。接受這一切，原諒了自己。

你隔天就恢復了瑜珈教學課程，學生們多日不見都非常開心地歡迎你回來。儘管其中一兩位還是忍不住問了你母親的狀況，你不再像以前一樣脆弱會隨時紅了眼眶，你微笑地看著學生，開心地告訴他們，沒事了，已經沒事了。

生命像是擁有眾多支流的長河，或許某些段落曾經壅塞或氾濫，它依舊會順著新的方向尋找到出口。不僅如此，還會進而提供更多養分給其他延伸的流域。這就是你的體悟。

你要將你眼淚轉為復甦萬物的雨水，你要努力將熬過這些日子的心得轉換為心靈雞湯，藉由你的瑜珈課程，慢慢分享給你的學生們。你要將快樂帶給他們，讓他們得到心靈的平靜。人生的苦像是疫苗，當下或許會有些許不舒服，但是終將會引導我們走向更健康的人生。

你收集了這麼多的疫苗，你不想浪費。

你不只會以瑜珈的動作讓學生們的身體更健康，你還會幫學生度過思鄉之苦，幫學生化解與遠方家人的冷漠關係，幫學生扭轉愧對遠方家人的心，還有夫妻關係，甚至朋友關係。

你的人生因此有了新的方向。

你雖然依舊不擅長料理，但是你開始懂得讚賞丈夫的廚藝。你開心地將家中的瑜珈工作室變得更大，開心地翻新了部分的裝潢。你專心地研究更多的瑜珈動作，也開始閱讀有關心理學方面的書。

你偶爾會打電話給遠在台北的母親，不定期關心他的健康。你當然開心聽到他愈來愈有元氣的聲音，當然也偶爾會與他拌嘴。

你預訂了下次回台的機票，部分為了回去探望母親，部分為了進修瑜珈課程。

你答應過台北的朋友不再落淚，你有信心下次見面時一定會是發自真心的喜悅。

❖　❖　❖　❖　❖　❖

你聽到兒女們在你耳邊呼喚你，你聽到醫生與護士們在叫著你，你卻動彈不得，一點回應的能力都沒有。

你記得你原本還在看電視，但是慢慢地身體就開始失去知覺，你連呼救的能力都沒有，你像是睡著了，卻能感受到週遭發生的事，像是清醒的夢，似真如幻。你知道你的兒子將你背下樓，你知道你搭上救護車，你知道你進了急診室。

醫生做了各項檢查，你都知道。醫生說查不出昏迷的原因，你也聽到。然後你被推到急診室內的一角，你昏昏沉沉，依舊無法做任何回應。

你聽到兒女們好像在你的病床邊開始吃早餐了，你覺得口乾舌燥，你忽然可以移動你的手。你用手示意，你的兒女們快速地拿水給你喝。你慢慢清醒過來，你喝了好幾口水。護士過來你身邊呼喚你的名字，你輕微地點頭，護士問了你幾個問題，你含混地回答。

之後醫生來問你問題時，你更清醒了。沒多久，你開始吵著要起床，你想回家了。回家的計程車上，你不好意思地笑著說，把你們姐弟倆罰睡在急診室一晚了。你聽到他們說，沒事就好。

其實你還有更多的話想說。

昨晚各種的折騰，你都依稀感覺到，礙於無力回應，也只能任由他們擺佈。其實這也不是第一次來掛急診，之前就有過幾次經驗了。你其實也累了。你知道你的兒女們也累了。你雖然害怕，你雖然不知道自己是否準備好了，但是你覺得身體的苦愈來愈多，你有點受夠了。

「其實你們就不應該救我的。就讓我睡著過去，還比較好。」你心裡想著就脫口而出這些話。你沒有想到你兒女們的反應那麼大，都說你在胡言亂語。你知道自己在說什麼。但是你不知道如何讓你的兒女們了解你真正的意思。

雖然從小只讀過一年的小學，這一輩子也沒有看過什麼書，但是最近最常反覆唸誦的心經，卻讓你很有感觸。你雖然不見得完全了解心經所說的意思，不過每次念誦後，心就能沉靜許多。你不拘泥於解釋每個字詞，你純粹當成是向觀音菩薩的懺悔，這是你的祈禱文。

你祈求你的兒女們平安，他們的事業順利，家庭美滿，你祈求自己無病無痛，你祈求有個美好來世。

你每日早上都會先完成早課後才吃早餐。早餐幾乎都是千篇一律的高鈣牛奶以及米果。偶爾你的兒子會買些麵包回來，你就有機會換換口味。其實你自己也常去樓下的小型賣場添購一些祭拜要用的祭品與水果，你以為你的兒子會喜歡吃，可是你不懂為何他就是不吃，你自己又因為胃不舒服之故不敢吃太多甜食，所以往往你只好將這些祭品送給你的看護，然後自己還是只吃米果。

你最生氣的，就是家中的水果常常會放到壞掉。你特別買很多水果回家，就是覺得你的兒子每天外食，需要補充很多營養。可是你沒想到，你的兒子常常為此與你爭執，而且最後根本不吃這些水果。這讓你非常生氣，當然也非常傷心。你這一生都在為這個家付出，都在為了這些兒女們付出，你所做的一切都是為了他們好，可是他們竟然責怪你。你有時候會氣到不想與你的兒子說話。

回想過去這些年，你的身體愈來愈差，經常要去醫院報到。你其實也覺得很累，可是你還是努力撐著，不就是為了一個未完成的心願。但是，慢慢地，你已不再期待了，你覺得自己真的很盡力了，你覺得有臉去見你的丈夫了。

你每天的早課，就是你的準備，你在告訴菩薩，也在告訴自己。

❖ ❖ ❖ ❖ ❖ ❖

有過第一次成功的經驗之後，你開始對此事上癮。你開始幻想自己是邱比特轉世，你是人間真實的愛神。你會在周日午後特別到人潮最多的咖啡店，靜靜坐在角落等候適當的人選。

有時候一整天下來一無所獲，你也毫不在意，你認為愛情本來就不是這麼容易的事，需要有耐心，當然也需要時間的付出。有時候你忙了半天，雙方卻還是不願意交換聯絡方式，你雖然會有小小的失望，但是你也不會在意太久，你會對自己說，他們的確沒有緣份吧！然後積極去尋找下個目標，因為你知道還有太多的愛情故事等著你去開展。

不過，原本你以為很多人都渴望愛情，這件事應該不會太難，但是沒料到，愛情的力量竟然還是勝不過內心的膽怯。你認為你既已為愛情開了頭，算是解決了愛情中最困難的部分，可是大多數的人最後還是會因為膽怯之故而不敢接續前進，寧願選擇繼續待在自己的舒適圈。你最後得出結論，大部分的人最愛的還是自己吧！因為怕受傷，所以乾脆不嘗試。寧願保持幻想，才能永遠不會失望。

你將這樣的想法與朋友分享，沒想到他格外認同。他說自己經過這麼多次的失戀苦痛，現在也不敢再相信愛情了。寧願單身，生活也比較自在。雖然這麼說，你知道他心裡真正的想法根本不是這樣，你知道他只是膽怯了，你知道只要真正出現他心儀的對象，他還是會飛蛾撲火。但是你沒有拆穿你的朋友。你知道要承認自己膽怯，需要很大的勇氣。諷刺的是，膽怯的人就是沒有勇氣。

不過你還是會拐彎抹角去鼓勵你的朋友。你說，人生本來就有很多挫折，不可以因為挫折就不想活吧！人生本來就是不斷在挫折失敗中學習成長，跌倒再站起來就好，有什麼好怕的！你輕鬆地高談闊論。

「就算再試又如何？最後還不是一場空。」你的朋友正處於對愛情失望的階段中。

「萬物從出生就註定了死亡，這是不會變的事實。但是重點不是在結果，而是在過程。愛情或許不見得都會長久，但是過程中如果有過快樂的時光，那就值得了。」你依舊不死心回應。

「愈快樂，之後就會愈痛苦。」他說的不無道理。

「人生中有苦有樂，這樣才精采。」你說。

「平平靜靜過一生，也不錯。」他說。

你們從來都不會有共識。但是你知道，你還會繼續幫助眾生，不管如何，你是邱比特轉世。

❖ ❖ ❖ ❖ ❖ ❖

你不知道已經在雨中走了幾天，這幾日不間斷的豪雨已經讓你的腳在軍靴中潰爛，溼透的軍大衣早就無法禦寒，你除了克制不了全身因為寒冷的顫抖，腰間的濕疹也讓你癢到苦不堪言。但是無論全身上下多麼不舒服，你都因為飢餓過頭沒有力氣兼顧這一切。你像是行屍走肉般跟著軍隊毫無目的地向前行，你不知道終點為何，你甚至連此刻身在何處你都不清楚。大雨不斷，你的視線只有前方戰友的後腳跟，你跟著他一步拖著一步，泥水在你們每個踏下的沉重腳步中四處飛濺，黑色的軍靴早已與黑色的污泥化為一體，腳邊的雜草偶爾透出的暗綠色，是讓你瞳孔放大的唯一顏色。

偶爾一個踉蹌，你會從邊走邊睡的夢境中驚醒。你看著黑色的天空，這不是你夢裡家鄉那片蔚藍無邊的天空。你明明上一刻還在家中幫忙堆疊升火的木柴，煙囪竄出的白煙緩慢地直入雲霄，無雲的藍天連綿延伸向遠方盡頭的群山，依稀的白雲或白雪盤據在山巒之上。你有時候會這樣盯著遠處的群山發呆，你想像如果可以爬上這些山會是什麼樣的情景，從那些山頂上可以看見自己的家嗎？還是可以看見屋上筆直的白煙？即使看得見，也聞不到母親煮開的水，還有在水中滾沸的水餃香味兒吧？你臉上出現滿足的微笑。你的藍天雖然沒有白雲，卻有令人垂涎的飯菜香。

不一會兒，母親從屋裡大聲地喊你回家吃飯，你赤著腳踩在乾裂的黃土上小跑，肩上扛著剛綑綁好的樹枝，鄰居老伯蹲坐在門檻上早已大口吃著麵，一邊指著你發笑，你也對著他笑，大喊說，「我們今天吃餃子！」風在陽光下溫柔地梳過你的短髮，你額頭上的汗水沿著你揚起的嘴角掉入口中，你俏皮地伸出舌頭舔了一下嘴唇，好餓啊，你開心地笑著。

你一頭撞上了前方戰友的後背，他毫無反應繼續往前走著，你口中嘟囔著不好意思，睡眼惺忪地繼續跟著踏出前進的腳步。這條路究竟會走到哪，你不清楚。下一秒會不會遇到敵人，你也不清楚。但是你清楚知道，你母親還在家等你，你只要等這個戰爭一結束，你就可以回家。你就可以再次看見那無邊的藍天，還有那裊裊的炊煙，以及充滿香味的乾熱空氣。

你雖然不喜歡下廚，可是每次有了對象之後，你就會習慣一下班就衝回家準備晚餐。與其說是下廚，不如說是將食物加熱。你自知不是個擅長料理的人，所以你只好四處買回好吃的美食，有時候是知名的冷凍食品，有時候是在附近的餐廳外帶幾道菜，有時候是假日回家後母親特別要你帶回的滷味，總之，你就是會在你的另一半回到家前，將這些食物加熱，讓他一進門就聞到食物的香氣，讓他回家就能享用到美食。

不過你常常覺得時間不夠用。你回家除了準備晚餐之外，還會先整理客廳，你知道他不喜歡髒亂，所以你都會快速地吸塵與拖地，使整個地板幾乎是一塵不染之後，你才會開始處理食物。然後等晚餐準備的差不多時，你就會打開空氣清靜機，以及點上幾根香氛蠟燭，讓空氣中瀰漫著各種香氣。當他一進門開心地稱讚好香，你就會露出微笑，這是你一整天最快樂的時刻。

可是自從你們四個人住在一起之後，你不知道該如何是好。你的他有個潔癖的前任，所以每次你回到家，家中早已一塵不染，你根本不須費心打掃。而這個前任的新男友是個廚師，會習慣性地準備好一堆美食儲放家中，更堅持大家不准吃外面的食物。他對食安問題特別敏感。你因此什麼都不用做，只是偶爾會點上幾根香氛蠟燭，協助營造氣氛。

四個人只要有空就會一起吃飯，就像是好友聚會，閒聊著各種話題，不論是最新上映的電影、好書推薦、或者是最新的時尚穿搭等等，當然也會大吐工作的苦水，一邊喝著紅酒，一起抱怨著老闆或同事。每次這樣的晚餐都會開心地延續到很晚，有時候是因為話題一開，有時候是酒酣耳熱，總之，四個人一起用餐的時光大多是開心的。

然而，你還是會偶爾懷念由你一個人準備晚餐，並且只有兩個人享受燭光晚餐的時光。有次躺在床上，你不經意與他提起這樣的過往。你心裡總覺得好像少了什麼，說不上遺憾，只是懷念。

「現在這樣很好啊！你什麼都不用做，只要享受就好。這樣不是更棒嗎！」

「是很好。我知道。」你心中想說「但是」二字，卻說不出口。

「反正他們兩個喜歡做，就讓他們做！我們是一家人，沒人會計較的。」

「我知道。我很感謝他們。只是，我好像什麼都沒做。」你尷尬地笑。

「沒關係啊，他們又不在意。更何況，你又不會煮菜。」雖然是理所當然的事實，聽在你耳中，還是有點刺耳。

「我是不會煮，我也沒說我要煮。」你忽然覺得有點對牛彈琴的感覺。

「這樣就好啊！別胡思亂想。我們大家難得可以這樣住在一起。」他翻過身抱著你，在你臉頰上輕吻了一下。

「沒事。我很開心啊。」你勉強笑著。雙眼盯著天花板。

你其實很懷念那些匆忙趕回家打掃的日子，即使常常會熱出一身汗，有時候還會不小心踢到椅腳而痛得要死，即便如此，你都念念不忘。

❖ ❖ ❖ ❖ ❖ ❖

每日早晨醒來，你已經習慣丈夫早已出門，家中只剩下你一個人。你卻一點都不覺得孤單。你喜歡早上的空氣中有花草香，所以總會泡杯有機的迷迭香花草茶，同時倒三四滴平衡精油在香氛機中，然後在陽光灑落的落地窗前安靜地打坐。這時候的你，不會想到丈夫，不會想到遠方的母親，只會專心感受陽光在肌膚上輕微緩慢地加溫，偶爾會想到下午課程的內容是否已經準備妥善，或者冰箱中是否還有午餐或晚餐的食材，不過這些腦中突然閃過的雜事，都會被你很快地一笑帶過，提醒自己要專心沉澱雜念，享受迷迭香舒適的清香。

你很開心自己能夠接觸到精油，在你身心俱疲的前段時間內，還好有各種單複方精油幫你度過，否則你一定得繼續去找心理醫生才行。首先是你的睡眠問題，還好是天然有機的薰衣草精油，才能讓你的失眠問題改善。而且因為你的緣故，你的丈夫也開始依賴這些精油。他每天晚上睡前都會請你點上一兩滴精油，他總是能因此一夜好眠。有一次，你不小心多倒了幾滴，結果隔天他說實在太放鬆，竟然還因此睡過頭。

你回台灣前當然也為你的母親調配了一些專屬的精油配方，包含如何降血壓的精油，或者手術後如何增強免疫力等等的精油，你為了準備這些精油，花了不少金錢，當然也花了不少時間。不過，當你看到你母親收到這些精油時臉上不在意的表情，頓時澆了你一頭的冷水。你雖然心中難過，依舊耐心地對你母親詳細地解釋這些精油的功用以及使用方式。你再三叮囑他要經常使用，對他術後身體的修護有絕大的幫助。你母親淡淡地說知道了。你說，不要只是知道，要真的使用。他說，就說知道了，很囉唆喔。你停頓了幾秒後，你說，有人願意對你囉唆，你要懂得感恩。然後你將精油放入他病床旁的櫃子抽屜內。這也是你打坐時偶爾會閃過的念頭之一。

不過，還好你的丈夫與你的學生們都很感謝你介紹他們使用這些精油。每天不同的課程，你就會點燃不同的精油，有時候是幫助代謝的香氣，特別是當你帶的動作是在幫助學員們燃燒脂肪；有時候是平衡身心的精油，當你需要你的學生們跟你一起打坐放鬆時；也有一些是振奮精神的，當你帶著他們做些有氧瑜珈的時候。每每這些課程後，總會有學生來請教你這些香味究竟是什麼，並且迫不及待想要買回家使用。這些舉動會讓你更加開心，你會在晚餐時與你的丈夫提到這些事，甚至告訴他有些學員在家使用後的心得分享。這樣的話題會讓你滔滔不絕，你的丈夫也樂得見你開心。

你使用的香氛機是不需要加水的霧化機，只要直接倒入四五滴精油在機器內，精油就會直接霧化，變成徐徐的白煙從機器內緩緩飄出。經過一段時間，原本液態的精油就會消失不見。留在空氣中，吸入你的身心裡。

再過一段時間，什麼也沒有留下。短暫的歡愉也會慢慢遺忘。

你偶爾會閃過這樣的念頭，一閃而過。

❖ ❖ ❖ ❖ ❖ ❖

話才說了沒兩天，你就後悔了。可是你說不出口，除非你的兒子要你別去，否則你不會取消。

你一氣之下，決定去住上海。

你雖然一開始催促你的女兒幫你盡快辦好機票，不過你根本不想去，你只是做做樣子，你要讓他們覺得事態嚴重，讓他們自己發現你在生氣。所以當你女兒問你要哪天出發，你就猶豫了。你只好找個藉口，說你翻了黃曆，還沒找到適合的日子，而且佛祖一直沒有同意，所以你還沒有辦法確定出發的日期。你沒想到最後他們竟然都同意你去上海住。

你進退兩難，愈想愈生氣，胸口似乎愈來愈不舒服，你覺得好像快要喘不過氣，卻又不像是氣喘發作，你只好照三餐吃之前醫生開給你治療胸悶的藥，這個藥的確有效，不過會讓你昏昏沉沉，你也不在意。只要胸口不會不舒服就好。

怎知當你聽到耳邊有人在呼喊你，你卻動彈不了，之後又被送到急診室，你才知道這藥的可怕。

不過又死不了，你反而覺得醫生與你的兒女們都小題大做了。尤其是那個急診室的女醫生，你覺得很離譜，竟然想要停掉你這顆藥，你覺得他們根本搞不清楚你身體的狀況，只好隨便作判斷。

你必須阻止醫師隨便亂停你的藥。你想起自己姐妹也曾經昏迷的狀況，所以醫師離開後，你就對你的兒女們說你這種昏迷的狀況是家族的遺傳，以前你的姐妹都發生過這樣的事，醫師一定是找不出原因，所以就隨便找個理由而已。沒想到你的兒女們都不相信你的話，還說你胡說。

「這是真的。我姐妹都昏迷過。上次我們家族聚會時，我妹妹才剛吃飽飯去上個廁所，結果就在廁所內昏迷，還好是我弟媳去找他才發現的。之後立刻送醫才救回來。」你必須讓你的兒女們知道發生了什麼事，所以你慢慢地說明當天發生的情況。

「你們的情況又不一樣。」你女兒立刻這樣說。

「就是一樣。這是我們家族的怪病。」你覺得他們都不懂。

「剛才醫生都說你是用藥過度，你那顆藥不可以再吃了。」你兒子的語氣很冷淡。

「醫生就是找不出原因，所以亂說的。」

「醫生說的話你都不信，你每次都要自己當醫生。」

「可是上次來也沒有找出原因啊！他們就是找不出來，我這就是家族的怪病。」你堅持。

「反正你之後就不可以再吃那顆藥了。」你兒子堅持。

「你們是要害死我嗎？我不吃就會很不舒服。」你實在很生氣。

雖然你最後都這樣說了，但還是沒有辦法阻止你兒子，他還是將你這顆藥都沒收了，只給你少量的幾顆，還規定你最多只能晚上睡前吃而已。

你雖然生氣，不過隱約有些開心。你發現你的兒女們還是很關心你，為了你，兩個人一整晚都在急診室擔心你，你雖然無法說話，但是聽到他們在你耳邊喊著你，你覺得有點安慰。

究竟是否要去上海，或許會有變化吧！你心裡想。

❖ ❖ ❖ ❖ ❖ ❖

你當了一陣子的邱比特之後，忽然覺得好像對愛情有了更深的認識。愛情的開始，有可能來的莫名其妙，甚至是一種玩笑，但是過程中的喜怒哀樂就是個人的造化了，如果能夠堅持下去，就算是荒謬的開始，也可能會是圓滿的結局。但如果最後不是，也沒有什麼好失望的，因為原本一開始就是個玩笑，不是嗎？

既然都是玩笑，何必要認真？

你有了這個念頭之後，忽然間覺得桃花開始朵朵開。不論身在何處，你發現週遭似乎都有可以發展的對象。就像你上次隨口對朋友提到捷運上發生的事，竟然真的發生了。

你只是無聊地在捷運上隨意亂看，大多的人都專心地低頭看著手機，偶爾有看到一兩個女生拿著鏡子補妝，當然也有一些人在閉目養神。你正幻想著如何幫他們開啟不同的人生體驗，忽然感覺到自己握著扶手桿的手有一股溫熱的氣流通過，你身旁那個人的手掌輕輕碰了你一下，然後給了你一個微笑，毫無扭捏與靦腆，你被這毫不掩飾的氣勢震懾，呆呆地點個頭，反而有點不好意思地低下頭。邱比特來整你了嗎？你心裡想。

接著那個人快速地用手掌輕碰了你緊握扶手杆的拳頭一下，並給你一個眼神示意你跟他一起下車，你像是被點了穴一般，乖乖地服從。

出了捷運站口，那個人主動介紹了自己的名字，你也說了你的。然後他約你去附近小公園走走，你點點頭。

邱比特的玩笑，究竟想要怎樣？難道這會是荒謬的開始嗎？你有點侷促不安。

在公園中，你們很自然地閒聊著，偶爾尷尬地走著，繞了公園兩圈之後，你們互留了通訊軟體，約了改天一起吃飯，然後各自解散。

那天回到家，很不真實，你不確定剛才發生了什麼事。你甚至一度懷疑是否又出現了幻覺。

那個晚上，對方沒有再聯繫你。

過了好幾天，那個人也沒有給你任何訊息。

真的是幻覺嗎？你開始懷疑。你打開通訊軟體，的確有個陌生的名字。

怎麼回事？是邱比特的玩笑？懲罰你之前的惡作劇？或者，這才是最真實的愛情面貌？不過都是生命中短暫的一個過程？只要有過心跳加速的時光，開始或結束都不重要。

你很開心可以看透這件事。愛情被放大了，天長地久被放大了。每個人都只是過客。重要的是，過客註定就是要離開的。即使讓你無法忘懷的，也要讓他離開。你這樣告訴自己。

❖ ❖ ❖ ❖ ❖ ❖

究竟離開家多久了，你開始記不得了。忘不了的水餃香味，也慢慢變淡了。夜裡，難得寂靜無雲的星空下，你會偷偷落淚。為了漸漸遺忘的老家樣貌，為了慢慢消失的母親的笑臉。你很後悔之前曾經跟母親吵了一架。

那天你的母親告訴你隔壁村有個不錯的女孩，會是不錯的媳婦人選。想幫你訂下這門親事。你為此莫名的發火，你不想這麼隨便就被決定了你的將來。

「你在氣什麼？我和你爸也都是媒妁之言。」你的母親無法理解你的想法。

「那已經是傳統的舊思想了」，你覺得時代已經不同了。

「有什麼不同？男大當婚，女大當嫁。」

「不是這樣。就算要結婚，也要我自己決定。」

「自古以來就都是父母來決定兒女的婚事。」

「我不要，我的婚事，我要自己做主！」你不經意地大聲起來。

「你這孩子，怎麼這麼不懂事。」你母親也急了。

「我不管，你們要是逼我，我就離家！」你話說完就往外衝。

你在村內狹小的巷子裡亂竄，最後跑出村外，朝遠方藹藹白雪罩頂的群山方向狂奔。你很少這麼不聽話，可是你氣到眼淚直流，內心想著再也不要回家了。

一想到此，你忍不住哭了。你壓抑著不要出聲，用雙手摀著臉。

你好想家。

你從來就不是真心想要離開家。你只是氣話。

離家這麼久了，根本不知道自己現在何處。你想著母親一定擔心死了。你該怎樣才能回家？這場戰爭究竟何時才能結束？誰勝誰敗都不重要，你只想要回家。

如果可以回家，你這次會聽你母親的話。就算要娶一個從不認識的人，你也無所謂。緣分是很難說的，或許你們的確是註定好的，所以即使隔了一個村，即使沒有見過面，卻能因此在一起，或許真的就是俗話說的千里姻緣一線牽。緣分或許才是愛情的關鍵吧！

可是此刻不知身在何處，等你之後回家，就可以笑著跟母親說，你從千里回來，你與隔壁村的女孩真的是千里姻緣啊！

不管多遠，你一定會回家的！只要戰爭一結束。你就可以回家告訴母親這個好笑的念頭。

❖ ❖ ❖ ❖ ❖ ❖

為了愛，自己究竟願意犧牲多少？你自己也不清楚。

有次他日本的朋友來台北旅遊找他一起吃飯，他理所當然找你作陪。你雖然不喜歡這種與陌生人的聚會，但是為了他，你不但沒有表示任何意見，還欣然接受，讓你自己都有點討厭自己。

那個晚上約在一個台北知名的台菜餐廳，是那位日本朋友指定的。你與他提早十分鐘抵達這間餐廳時，那位日本朋友早已入座，而且身旁還有另外兩個你不認識的陌生人。這讓你更加渾身不對勁，你勉強擠出笑容客氣地與他們打招呼，不過心裡期待可以趕快吃完飯回家。

席間閒談幾乎都是以日文夾雜一些中文，有很多對話內容你聽不太懂，更加讓你像個局外人一般，你只好安安靜靜地吃著菜，臉上保持著微笑。

「你們現在住在一起嗎？」那位日本人對著你說著腔調很重的中文。

「是啊！」你不知為何尷尬地整個人漲紅了臉。好像做錯事的小孩被抓到一樣。

「我最羨慕你了，感情生活可以一直這麼美滿！」日本友人對他說。

「哈哈哈，還好啦！」他大方地笑著。

「你們是四個人住一起嗎？」日本友人繼續追問。你忽然更覺尷尬。

「是啊！我們剛好有兩個房間、兩間衛浴，所以完全沒有影響。」他依舊大方回應。

「四個人？什麼意思？」日本友人的朋友加入這話題。

「我的前任與他的另一半也和我們兩住在一起。」他大方地解釋。

「哇！好特別喔！」另外兩個陌生人同時驚呼。

「還好吧！大家就像家人一樣互相照顧。」他理所當然的態度反而讓這些人相較之下顯得太過大驚小怪。

然後日本友人就開始幫忙對他的兩個朋友解釋你們四人家庭的狀況。你彷彿身外人一樣聽著一個熟悉的故事。整個過程中他們都保持不可置信的表情看著你們倆。

「很棒啊！你們就是多元家庭最好的見證！」日本友人的其中一位朋友在聽完你們的故事之後做了這樣的結論。

你忽然對這樣的認同很有反感。你覺得你不需要別人來贊同你們。

「我們沒有想太多，只是覺得大家已經都像是家人了，為何不可以共組家庭？」你的他依舊坦蕩無懼。

「沒錯啊！我們本來就是弱勢，需要彼此更多的包容。」另一位陌生人也說話了。包容？為何要包容？這兩個字也讓你覺得反感。

然後他們從你們的故事轉到了多元成家的議題，你自始至終沒有說任何一句話，只是低著頭專心地吃著菜。

回家後，他問你還好嗎？怎麼看起來悶悶不樂？原來你的表情還是洩露了你的內心。

「沒事。只是有點累。」你不想多說。

你要的其實很簡單，只是兩個相愛的人平凡過一生，如此而已。你從來都不知道相愛還需要別人的認同或包容，然後還要牽涉複雜的定義。你覺得好累，談個感情為何不能簡單點？為何要向其他人解釋那麼多？其他人又為何要管我們這麼多？

愛，究竟是什麼？你愈來愈不明白。

❖ ❖ ❖ ❖ ❖ ❖

即使幫自己接了很多堂的瑜珈課，也因此認識了更多學生，不過總覺得自己的時間還是很多。你好像應該再做點什麼。

有天你在網路上發現一堂學習製作法國麵包的課程，你看著那些令人垂涎的麵包成品照片，你覺得就是它了，你缺的就是這個。你很快地報名了這堂課。

那是個兩天的短期課程，可以學會製作長條型法棍麵包之外，還有可頌以及吐司等等，當然最重要的是讓你了解各項製作麵包所需知道的專業知識，而且課程結束後的成品都可以帶回家吃。你簡單地向你丈夫做了這樣的說明。他如同往常支持你的各項決定，最後還體貼地提醒你不要太累了。

你開心地去上課了。當天發現學員幾乎都是五六十歲的家庭主婦，你心中閃過婆婆媽媽這幾個字，你很擔心自己也被這樣定位，心中有一點小小的失落。

不過還好課程很緊湊，加上老師很嚴謹，所以兩天的課程很快地就結束了。你除了帶回超多的麵包之外，還有滿滿的信心，你覺得你已經開啟了另外一條路。

你原本不喜歡玩臉書的，甚至之前看朋友常常上傳一堆美食的照片，會讓你覺得這些人很無聊。不過自從你學會製作麵包之後，你開始喜歡將各種自己手做的成品上傳與大家分享。你首先上傳了與老師的合照，當然自己也穿著白色廚師服。接著是上課時一些製作過程的花絮照片，最後是麵包的成品照片。

你對自己的成品相當滿意。當天回到家，迫不及待請你丈夫品嚐，他讚不絕口，開心地吃了好多。你因此笑得很開心，發自內心的笑。你已經忘了多久沒有這麼開心。

隔天你也將這些麵包與自己瑜珈課的學生們分享。當然也得到一致的讚美聲。甚至有學生直接向你訂購，要你多做一些。都誇你做的比外面的還要好吃。

那天之後，你每天都會嘗試製作不同的麵包，有些是看食譜製作的。你上完課後像是打通了製作麵包的任督二脈，似乎輕而易舉都能成功製作出各種美味的糕點。然後都會一一將這些照片分享到臉書上。你遠在台灣的朋友們都有看到，而且還有留言，這讓你更加開心。你也主動表示下次回到台灣再與他們分享。

你下次要做些好吃的麵包給你母親嚐嚐。你心裡這樣想。可是腦中立刻就閃過你母親不屑的表情，就像上次你拿精油給他時一樣。你總覺得不管你做什麼，你母親都不會滿意，而你哥哥隨便做什麼都好，他只在乎你哥哥的想法，根本不在乎你。

你不想做給他吃了。你紅了眼眶。不能哭，你對自己說。你學做麵包不是為了他，你是為了自己。你這樣告訴自己。不管他喜歡或不喜歡，你自己開心就好。你的人生，你要自己創造。你不要再被母親的想法左右心情，當初你決定學做麵包時，又不是為了他！

當初決定搬到澳洲時也不是。你向來的決定都不是為了他。可是你為何要這麼在乎他？為何一想到他，你的眼淚就會不聽話？究竟該怎麼做？為何隔了這麼遠，你還是沒有辦法得到快樂？

❖ ❖ ❖ ❖ ❖

你終於還是去了上海。機票買了，你兒子的假也排了，你也只能暫時這樣了。或許與你兒子相隔兩地，你們兩人會漸漸平復情緒，兩人都可以慢慢再快樂起來吧！你只好這樣轉念。

到了上海，你大女兒幫你安排了專人全天候的看護，以及準備了一大堆的養生食材要幫你做手術後的身體調養。每天一餐海參熬煮的稀飯，以及白木耳熬煮的甜湯，然後還有各式的黃魚粥等等，全部是高級食材之外，還考慮到你牙口不好的狀況，特別將所有的餐食都以熬煮的方式料理以便讓你容易食用。

這些美味的食物當然讓你吃得很開心，不過你卻都不想提。每次你兒子打電話問你近況，你都只說身體還是常常不舒服，尤其之前腰部手術的地方，還是常常會痛。你兒子告訴你醫生有說過傷口復原需要一段時間，要你多有耐心。你不表贊同，只是不斷強調傷口不舒服。

不過每次電話通訊品質好像都不太好，你常常聽不太清楚，所以每次都沒有說太久就掛了電話，這也讓你有點不開心。你才住了一個月之後，你兒子的電話愈來愈少打，這讓你更不開心，你心裡想，究竟有什麼好忙的？可以忙到都沒有電話。

你有天實在等到有點火大，就跟你的大女兒抱怨，說你兒子最近都不打電話給你。你女兒說你可以打給他啊，不用等他打來！你心想這是什麼話，哪有母親打電話給兒子的，當然要由兒子打給母親啊！否則多不像話。你當然沒有這麼坦白告訴你女兒這樣的想法，你只是淡淡地說沒什麼事，他不打就算了。

在上海的日子過得好像比在台北還要慢。你每天早上雖然有人幫你做好早餐，不必像在台北是一個人吃著餅乾配牛奶當早餐，但是吃完早餐後，你除了偶爾可以在陽台曬曬太陽之外，你實在也沒事可以做，無聊到心慌，每天只想著何時可以回台北。

有天你台北的女兒打電話給你，你忍不住抱怨這裡好無聊，而且說自己腰痛的很厲害，應該要回去台北給原來的主治醫師再詳細檢查。沒想到你女兒竟然像是不希望你回去一樣，說現在要重新找看護，需要一點時間。你管不了那麼多，你就是要回台北，你要你女兒盡快找到人。還提供了一個看護人選給他參考，那是一個鄰居的小孩，已經成年了，但是不愛工作，都在家打電動玩具，之前你出發到上海前有人介紹給你認識的。當時你覺得這個小孩太年輕，你不喜歡。不過，現在你不管那麼多。

回家後可以作好多事，光是早上的誦經就可以花你至少一個小時，下午可以到樓下的中庭與鄰居的一些老太太們聊聊天，有太陽的日子也可以順便曬曬太陽。時間總是很快就過去了。

雖然當時在台北的時候，有時候也會懶得下樓，甚至覺得那些老太太有點煩人，不過現在離開了一段時間，卻覺得當時那樣的生活也挺好的，雖然因為兒子與女兒白天要上班不能陪你而讓你常常覺得孤單寂寞，不過現在距離他們那麼遠，更讓你有種莫名的空虛。

也住了一段時間了，你兒子的心情應該好多了吧？你心裡想著。應該可以回台北了吧？

❖ ❖ ❖ ❖ ❖ ❖

或許因為你認為已經看透愛情的本質，所以更覺得你亂點鴛鴦的行徑值得鼓勵，而每位有幸參與其中的主角們都更應該好好感謝你才是。如果不是你這麼積極的幫助他們，誰知道這世上會少了多少對佳偶呢？很多人可能這一生就此錯過了。你愈想，愈覺得自己的偉大，許多人的命運因為你而改變，你是他們生命中不可或缺的偉大人物。

可是你沒想到有了這樣的念頭之後，你竟然開始變得固執，變得不能允許他人的拒絕。你原本輕鬆以對的態度，變得跋扈專橫，因此為你惹禍上身。

以前如果當事人不願意互留通訊方式，你也只是笑笑以對，最多在心裡為他們覺得惋惜而已。可是自從你開始覺得自己很重要之後，當那些人不願意主動採取下一步時，你就不離開，會一再地強調雙方的緣分，甚至有時候會出言相譏，嘲諷對方沒有膽量之類的，甚至說出一些難聽的字眼。有些人會因此受不了而逃離現場，也有些人會因為尷尬而勉強同意，但你沒想到，有一天你踢到鐵板，你為你的無理取鬧付出了代價。那個不願領情的男方狠狠揍了你一拳。由於事發突然，所以當對方朝你正臉揮出拳頭時，你根本來不及反應就直接應聲倒地。一時間天旋地轉，你失去知覺，什麼也看不到聽不到，你掉入一團黑洞之中。

恍惚中，你似乎看到有一道隱約的白光在你眼前，你像是飛蛾撲火般不自覺地朝著白光前進，愈靠近愈覺得刺眼，直到你睜不開眼睛。

當你再度緩緩睜開雙眼，你看見一間狹小的寢室，裡面只有一張上下鋪的雙人床、兩張書桌以及兩個小衣櫃。你看見自己正躺在床的下鋪，掩面而泣，不敢發出聲音，像是擔心驚醒睡在上鋪的同學。你看著這熟悉的一切，你想起這是你大學的宿舍，當時大一每個新生都要住宿，你幸運地抽中兩人一室的房型，因為特別，所以你印象深刻。

你看著躺在床上的自己哭得傷心欲絕，自己也開始感到難過，究竟是為了什麼？當時是什麼事可以讓你哭得如此傷心？你還在納悶中，就看到床上的你側了身將床下的臉盆拉出，臉盆中的水因為移動而搖晃，灑出了一些到地面上。然後床上的你拿出藏在棉被中的小刀，開始一刀一刀緩緩地劃在自己的左手腕上，你痛得舉起手腕看了一眼，竟然發現左手腕上隱約有好幾道陳年刀疤，你嚇得大聲嚇阻，但是床上的你似乎根本聽不到你的聲音，依舊狠心地朝著左手腕用力劃著。你急得狂喊住手，可是你無能為力，無法阻止這一切發生，你只能眼睜睜看著床上的你將左手腕劃出一道道的鮮血，然後靜靜地將手放入臉盆的水中，讓鮮血像是水彩般在水中暈染出潑墨般美麗的圖案，最後只留滿盆的鮮紅。

你無力地跌坐在床邊，卻碰觸不到床上的自己，你覺得好心疼，你好想緊緊抱著你自己，告訴自己不要怕，你就在這裡，不要怕。

床上的你似乎比你冷靜，緊閉的雙眼掛著兩行淚之外，彷彿睡著一般，沒有痛苦，沒有難過，就像沒事發生。

整個夜晚異常寧靜，整棟樓的學生們似乎都已經熟睡，窗外蟋蟀與青蛙的叫聲此起彼落，這終究只不過是一個平常的夜晚，靜靜地等待黎明升起。

明天，你會在哪裡？你難過地流著眼淚，如果那一晚有人發現你就好了。

❖ ❖ ❖ ❖ ❖ ❖

「對敵人仁慈就是對自己殘忍！」排長第一次對你們說這句話的時候，你才剛加入軍隊中不久，實在無法體會。「戰爭中不是你死就是我亡！大家記住了！」排長會每天早上大聲地提醒大家。

對於才剛成年的你來說，人生閱歷都是鄉村的生活瑣事，怎有辦法理解這些長官在說什麼，對於生死的概念都是懵懂無知，又怎可能去參與其中，決定他人的生死？

不是你死就是我亡。排長曾經私下語重心長交代你，似乎特別擔心你。

第一次在戰場上與敵人交鋒那天，你全身都在發抖。除了震耳欲聾的砲聲讓你害怕之外，你在鄉下連隻雞都沒有殺過，你實在無法想像自己是否有勇氣殺人。

你跟著軍隊放聲嘶吼地向前衝，眼前煙霧瀰漫，你根本看不清楚前方有什麼，只知道埋著頭向前衝，然後看到前方一有黑影就開槍。就這樣在煙霧中，一個黑色身影突然向你撲過來，你動物的直覺反應讓你閃過，那個黑影撲個空向前跑了幾步後轉身，槍上刺刀直直向你衝刺，你直覺地舉槍抵抗，可是對方身手很快，一個轉身又從另一處砍下，這次你來不及擋，一刀劃下，你的左手臂立刻一陣劇痛，可是你也剛好本能地舉槍前刺，似乎刺中什麼，讓你的長槍抽不回來，你才回神細看，你竟然剛好刺進對方的胸部，對方瞠大雙眼瞪著你，鮮血從他胸前不斷湧出，不一會兒對方就站不住往後倒下，你因重心不穩跟著向前跌，整個人雙手緊握著長槍跪在對方身上，全身顫抖不已，根本無法施力。

這時候身旁忽然有人對著你大喊，然後湊過身幫你把刺刀從對方身上拔出，你眼前只看到鮮血湧出，這個人被你殺了？你不敢相信自己殺了人。

走！走！然後你才聽到排長在你身邊大吼，使勁要拖你離開。你才驚醒般慌張地起身，跟著排長繼續往前衝。你根本來不及思考與驚嚇，緊接著又是一陣廝殺，你不清楚自己究竟如何閃過或殺過那些黑影，天昏地暗哀鴻遍野，人間煉獄般烽火四起，你似遊魂在魑魅魍魎間穿梭，看不到光，不斷沉淪。

那次之後，你被排長咒罵了好幾天，說你差點害死他，你雖然感謝排長的救命之恩，但是你心有餘悸，一直無法忘懷那雙瞪著你的雙眼。排長似乎看出你的心事，趁你站夜哨時，特意走到你身旁，對你說，「這就是戰爭，如果你不殺死對方，今天可能就是你躺在那裡了。不要以為你殺人了，你是在救你自己。」

你知道。你的理性也是這樣告訴自己。可是只要一閉上眼，就看到不斷湧出的鮮血。

排長看你不回話，就開始跟你閒聊，問你是哪裡人？你下意識地回應著他。然後又問了你家裡有誰，家鄉長怎樣等等的閒聊話題。你都一五一十地回答著。

「想家嗎？」排長忽然這麼一問。你眼淚就落下。想。你噙著眼淚小聲哽咽著。

「我也想。」排長說完後，安靜了下來。

你壓抑著默默地流了一陣子的眼淚後，排長才說，「我們的娘都還在等我們回去，我們只能想著這件事，其他什麼事都不要管，我們就是要活著回去。懂嗎？」

排長最後兩個字是哽咽的聲音。你想起母親的臉，還有叫著四兒回家吃飯的聲音，你忍不住哭了起來。

排長搭著你的肩說，「哭完就沒事了。我們一定要活著回家！」

你一邊啜泣，一邊點頭。我要回家。我一定要活著回家。

不是你死就是我亡……

戰爭繼續著，你也不知道從何時開始漸漸沒了知覺，看不到鮮紅色的血，聽不到哀號聲，每個刺刀插入黑影的瞬間都讓你覺得回家的路又向前踏出一步。

❖ ❖ ❖ ❖ ❖ ❖

每次回到家，你都有股衝動想要告訴你母親你在台北的生活。你現在有個相愛的人，也住在一起了，你希望你的母親可以祝福你，你希望你的母親不用再為你擔心。

你曾經告訴你的好友，只要找到相愛的對象，你就會跟家人出櫃。不過，真的遇到了，你卻猶豫了。

你雖然已經告訴你姐你是同志的身分，但是對於你哥以及你的母親，你就是說不出口。你太了解他們兩個，你知道他們一定無法接受。

不過，其實你心中對這段感情還是有疑惑，這才是你不敢對你母親坦白的真正原因。這樣的感情關係如何能讓你的母親不用為你擔心呢？你自己都不是那麼有把握。

雖然四人的生活沒有摩擦，某種程度上也的確是愜意。而他也對你很好，很關心你，很喜歡你，你們兩個也幾乎是無話不談。但是，你心中總會不自覺地有種失落感，你不知道究竟少了什麼？還是多了什麼嗎？

每天晚上他喜歡抱著你睡，你也喜歡這種感覺。你心裡有時候甚至覺得，擁抱的感覺比做愛時更容易讓你滿足。並不是你不喜歡做愛，你當然也喜歡與他做愛，畢竟性生活在愛情的世界裡真的扮演很重要的角色，你完全同意這樣的觀點。所以你們倆一直維持著良好的性關係。通常你們每隔兩天就會做一次愛，這樣的次數已經多到有點讓你驚訝。你以為過了四十歲之後，應該會少一些，沒想到你們在這方面實在很合得來，而對方的體力也真的不錯，這讓你實在無可挑剔。

你唯一比較不適應之處，是他喜歡早晨做愛。他是個很有規律生活的人，晚上幾乎不超過11點睡覺，所以你們晚上大多是做一些放鬆的事，除了家庭四人聚餐之外，偶爾你們會去看電影，或者到健身房運動，當然也會在家一起窩著看電視。然後在清晨醒來時做愛。

剛開始一起住的時候，你還覺得能被對方輕吻著醒過來是件幸福的事。他會從輕柔地撫摸你全身的肌膚開始，然後慢慢吻遍你全身，等你醒過來之後，就像是邀請你共舞，開始帶領著你的動作，讓你跟著他的姿勢起伏變化，你會閉著眼睛享受這歡愉的時刻，感受兩人的體溫互相交融，像飲酒品嚐著對方的氣味，傾聽著彼此漸漸加重的氣息聲，投入擁有彼此的真實感動。你最喜歡的姿勢，是他一邊親吻著你一邊在你的身體內抽動，這讓你覺得身心都屬於對方，是性靈最接近彼此的時刻。

你愛他，無庸置疑。你心裡這樣告訴自己。

可是四人同住一起的生活，還是會讓你偶爾分心。你有時候會在清晨聽到房門外有人走動的聲音，或者有人使用洗手間的聲音，這些各式各樣的微小雜音都會讓你分心，即使你想全心投入對方對你的呵護，你總會不經意分心想像外面的人正在做什麼，他們是否有聽到你們正在做什麼，或者是他的前任的心情會如何？

你想像太多，擔心太多，竟然因此讓你有次在做愛過程中完全無法融入對方的激情，你像是沒有共鳴的觀影人，冷漠地看著對方努力地想要讓你舒服，極盡所能地挑逗你，你卻一點感覺都沒有，你不想讓對方失望，所以假意地配合對方，機械性地起伏，不自然地呻吟，可是從頭到尾你都在想房門外面的人究竟在做什麼？

這一次之後，你竟然慢慢失去對性的熱情。可是愛依舊，你很肯定。

所以性愛可以分離？你開始願意接受這樣的事實嗎？你心中惶惶不安。

難道你與他之間也要慢慢走向他與他前任的關係了嗎？你開始懂了這種無性有愛的感情了嗎？

你不懂。你不願多想。

你只是不想這麼快對你母親出櫃，你還需要一點時間，你認為你母親還需要多一些時間。

❖ ❖ ❖ ❖ ❖

每天幾乎都會試做一些小點心已經成為你這一陣子的習慣了。所以每次瑜珈課後，你總會請學生們品嚐你做的點心，也樂見他們吃得開心。若有學生好奇這些點心的作法，你更是會樂於分享。你會詳細地講解每個步驟，有時候如果學生有空，你甚至會操作給他們看。然後看到他們崇拜的眼神，你就會笑得很開心。

「老師，你的手指頭……」有個學生忽然在你操作說明的時候露出擔憂的表情。

你看著自己的手指，已有兩處遭燙傷起了水泡，你卻一點疼痛感都沒有。你不以為意，開玩笑說，「沒事，這就是甜蜜的代價。」

大家頓時笑成一片。另一位同學接著說，「老師，你腳上的瘀青也是！」

你低頭看自己左腳小腿上竟有一處約拳頭大小的瘀青。旁邊的學生們依舊笑成一片。

等學生們都離開之後，你安靜地坐在客廳沙發上看著自己身上的傷，你想不起來究竟是何時發生的？是怎麼發生的？更奇怪的，你一點感覺都沒有。你完全都不會痛。

你拿起一根細針，以打火機點火消毒後，刺穿手指上的水泡，你依舊沒有痛感。你塗上燙傷藥膏後，貼上防水創可貼。然後你看著腿上的瘀青，你想，反正不會痛，也就不用處裡吧。

那天晚餐時，你告訴你丈夫發現身上有兩處傷，他很擔心地檢查你的手和腳，關心地問怎麼發生的，你只是笑笑地說，你也不知道。還說，奇怪，一點都不痛。

你丈夫不可置信地看著你，他還記得以前你們剛認識的時候，有些熟人打招呼時拍了你的手臂一下，你當時就曾痛得大叫，你說你最怕痛，尤其特別不喜歡打針。所以他一直記得你是最怕痛的人了，怎麼可能都起水泡了，竟然還不會痛？

你說真的。不會痛啊！雖然自己也覺得奇怪，不過還是開玩笑地說，或許是我新的超能力吧！

儘管你不以為意，你丈夫還是謹慎地希望你去醫院檢查看看。你覺得荒謬，哪有人一點小傷就要去醫院檢查的？你當然沒有同意。你要他別擔心。

其實自己心裡隱隱覺得不安。

晚上睡前，你打了一通越洋電話給你母親，問候他身體的近況。最近身體好嗎？很好啊，沒事。有定期去做復健嗎？當然有，不用擔心。有用精油嗎？有啊。好用嗎？還可以。哥哥們多久會回去看你？有回來啦，你不用管。好，那沒事了，再見。再見。

掛上電話，你跟自己說，沒事就好。你不要管太多。這些日子，你總會於白天打坐時告訴自己不要再管，什麼都不要理，你有你自己的生活，你母親有他自己的生活，你不應該去管他，你做到自己該做的就好了。

你甚至沒有告訴他自己身上的傷。不是你忘記說，也不是你覺得他不會在乎，而是你自己已經不在乎他的想法，所以你才會連說都不想說。

你覺得每天這樣與自己的對話真的有幫助，漸漸地你晚上也比較容易入睡。你也不再心煩意亂，更不會沒事就掉眼淚。

你全心投入自己所創建的新生活，時間安排地井然有序，固定的時間打坐、用餐、做點心、教瑜珈課、做晚餐、讀心理學的書。

你不再落淚，不再心情起伏，你很高興自己有固定的生活作息，就像個被設定好時間的機器人，不受外界干擾，專心無感地做好自己的本分。

❖ ❖ ❖ ❖ ❖ ❖

你被病痛纏身了一輩子，藥物對你來說，比食物更重要。這點，你的兒女們永遠都無法體會你的痛苦。

上次昏迷被兒女送急診，被查出是用藥過量時，你覺得醫生根本是因為找不出原因，隨便找的藉口，沒想到你的兒女們都信以為真，還開始控制你的用藥，你當時真是氣死了。醫生說那種藥一顆就會讓你沉睡八小時，可是你又不是第一次吃，你已經吃了好多個月了，一直以來都沒事，只是平日會比較容易打瞌睡而已，哪有像醫生說的那麼誇張！而且明明藥袋上就是標註每天三餐飯後食用，這又不是你亂說的，是有證據的！所以你更覺得急診室的醫生根本就是什麼都不懂，隨便找個理由搪塞給你的兒女們而已！

只是你心中也不得不承認，當時昏迷的時候，你也並非完全沒有意識。你有聽到你的兒女們在你的耳邊呼叫，你也知道你的兒子將你背下樓後抱進救護車的，可奇怪的是，你剛開完脊椎的微創手術，平常只要起身走動都會痛，可是那天你趴在你兒子的背上時，你卻一點疼痛感都沒有，而且救護車將你送達醫院後，將你推入急診室換了病床，你同樣一點都不會痛。你像是個旁觀者靜靜地看著這一切，聽著這一切，但就是一點感覺都沒有。所以當然也無法做任何的回應。

你像是靈魂出竅般處在一個混沌不明的時空，週遭明暗不停變化，有時候像是佛光普照耀眼地讓你睜不開雙眼，有時候又是極度的幽暗讓你即使瞪大雙眼依舊什麼都看不見。你只知道你全身沒有重量似地飄浮著，沒有任何依靠，沒有方向沒有邊際。

這與你平日念經時想像的極樂世界完全不同。你雖然因為沒有任何病痛的感覺非常開心，但是不知身在何處卻讓你非常心慌。你必須醒過來，你必須繼續誦經禮佛，你一定是還沒有準備好，所以才無法見到佛祖。

兒女的呼喊聲在四周迴繞著，可是你找不到方向。偶爾有些陌生的聲音在呼喚你，你雖然疑惑，仍希望可以找到聲音的源頭。你彷彿活動自如地四處奔波，完全沒有呼吸困難的感覺，困擾你一輩子的氣喘病竟然不藥而癒，更不要說你身輕如燕般全身毫無疼痛感，你彷彿得到解脫，這應該也算是種福報吧？你心裡想，或許這樣也不錯。

你矛盾的心情隨著你的身體飄浮著。你不知道你究竟想要什麼？

又有各式各樣的聲音在你耳邊環繞，你開始慢慢靜下心，怎樣都好吧，或許只要不想，這一切都只是一場夢。

❖ ❖ ❖ ❖ ❖

蠟炬成灰淚始乾。你看著臉盆內的血，想著從此後，就不會有眼淚了。

窗外的天色慢慢地泛白，秋高氣爽的清晨如常展開。你上鋪的同學小心翼翼地翻身下床，睡眼惺忪地開門到樓下盥洗，沒有發現你異常的姿勢與床下的臉盆。

寢室的門再次推開時，是你的他進門想要找你一起去上課。他發覺到不對勁，衝到你床邊，拚命呼喊你。你沒有反應。

漂浮在一旁的你靜靜看著他的慌張，還有你一動也不動的身體。你臉上的淚痕已乾。你看著他為你落淚，你卻毫無感覺。你不恨他，你也不愛他。你只是沒有感覺。你知道這一切勢必發生，預期中的畫面像是已經反覆在你心中演練過一般，讓你不會傷心或難過。

然後你的室友也回來，之後又衝進來一些你隔壁的男同學們。大家七嘴八舌，慌亂不安，最後將你送醫急救。

你如同遊魂般在他們之後跟隨著，你知道即將發生的一切。

急診室，醫生搶救，醫生搖頭，他痛哭，同學落淚，你靜候。電話。你靜候。父親與母親趕來醫院。父親母親哭泣。你靜候。你被送回家。你看著親友們都來送你。

你沒有離開。你知道他們不會了解你根本沒有離開。

你不會離開。只要意志還在，只要心願未了，你不會離開。

你的心願是什麼？你不確定。

你看著親友們流著淚送你，你感謝他們到來，卻沒有任何難過。你唯一難過的，是看見雙親的眼淚。這是即使知道的結果，依舊抗拒不了的心痛。

你以為你還了他們賜給你的身體就足夠了。

直到這一刻你才知道，你永遠都還不起。你即使為他們生生世世做牛做馬都還不起。

他們的眼淚落入你的心，你的心化成泡沫，不斷從你的雙眼流出眼淚。

你終於恍然了悟自己做了無法挽回的大錯。你以愛為名，卻傷害了最愛你的人。原來你根本不懂愛，難怪你不配擁有愛。

可是你早已經得到滿滿的愛！你卻視而不見。

你只能化成遊魂，隨侍在他們身旁，無怨無尤陪伴他們。

❖ ❖ ❖ ❖ ❖ ❖

活著就是為了回家再見你的父母。這是戰場上唯一支撐你活下去的理由。即使無情的戰火早已經讓你的身體傷痕累累，即使無情的殺戮早已經泯滅了你純真的心，你仍舊每天都會打起精神，期待戰爭早日結束。

可是這場戰爭像是擁有不斷再生能力的變形蟲，不管你們多麼努力，死了多少人，它依舊不斷擴大，不斷用新的面貌突擊你、摧毀你。

你只能無力地承受這一切，無力地不斷殺戮，無力地不斷掩埋戰友，無力地不斷死而復生，無力地接受每個殘酷的明天接踵而來。

幾乎每個夜晚都是在掩埋了戰友後才能稍微躺下休息。每次掩埋屍體中，都有你熟悉的身影，你卻也只能紅著眼眶，奮力地剷土。

「如果我死了，幫我通知我家人一聲。」躺在你身旁的戰友看著天上的星星，像是喃喃自語。

「不要說這些不吉利的話。」你不願意多想。

「沒事。我知道會沒事。可是每天看著這麼多人莫名其妙葬身異地，我不想這樣。」戰友咬著牙說。

你隔了幾秒後哼了一聲。你知道這些年下來，大家都累了，需要的，只是一個安心。

「謝謝你。」這是你這一生中聽到最真摯的感謝。

「我只要有一口氣，都會爬回家。」你盯著天上的繁星，緩慢的話如夢囈一般。

你不能死，你絕對不能以這種方式與你的雙親訣別。你還沒有對他們解釋清楚，你不能帶著遺憾離開他們。死亡，不是你的選項之一。你在心裡不斷重述。

雖然這些日子，你們都像是行屍走肉，早已生不如死。

死，相形於這些無窮無盡的折磨之下，對很多人來說，已經變成是種解脫。從此不用再歷經各種恐怖，不用再提心吊膽，不用再飢寒交迫，不用再忍受身體傷痛，不用再無止盡地掛念親人，不用再無情殺戮泯滅人性，不用再流不盡眼淚。

早死早投胎，有些人乾脆就放棄了。

你不是沒有過這樣的念頭，當身心的苦幾乎臨界你的極限，你也想過活著實在太苦，這樣活著究竟有什麼意義？每個明天都是折磨，又有何可以期待？

或許死了，才有機會變成遊魂回到家鄉。再也不離開你的父母，無怨無悔地陪伴他們。

可是你想到母親的眼淚，你心一揪，你無法接受母親為你哭泣，你知道他們還沒有放棄，你知道他們還在等你，只要他們還在，你就要活著回去。你要拭去母親臉上喜極而泣的淚水，你要告訴他們沒事了，你不會再讓他們擔心了。

❖ ❖ ❖ ❖ ❖ ❖

你懂母親對你的擔心是因為來自不瞭解你。每次你聽到母親問你在台北的生活過得如何？你也只能敷衍以對，總是簡單說不錯。然後你知道母親沒有相信你，你知道他會繼續擔心你，除非你讓他心安。

讓他心安的方法只有一個，那就是找個人成家。你知道母親已經期待你結婚好多年了，甚至也因為這樣的話題與你爭執過不少次，但是最後都因為你倔強的脾氣而作罷。但是你知道你母親沒有放棄，他一直在等你，等你成家，等你有人照顧，讓他安心。

其實，你也嚮往有個人可以共組家庭，你也要這樣簡單的幸福，然後你就可以大聲告訴你的母親，請他不用為你擔心，因為你也有人可以相互扶持，有人可以互相照顧了。

你的幸福沒有你想像的容易，你知道。除了你從小就感受到週遭對同志不友善的態度，當然最主要的，連社會上的法律都沒有站在你們這邊。所以當你知道有政黨提出婚姻平權的概念，甚至要求要重新修法，讓你們在法律上獲得同樣的平等權利，你自然義無反顧全力投入這場改革運動。

自己的權利自己爭取。你不斷在臉書上鼓吹所有朋友一定要支持這場變革。還好你的另一半也相當支持，你們一起關注相關的所有訊息，然後一起義憤填膺，一起想辦法讓支持的人可以愈來愈多。當然，你們還要想盡辦法讓反對的人了解他們的謬誤，你們不能容許被抹黑與霸凌，你們從小到大的壓抑與苦悶，絕對不是這些反同者可以想像，他們過慣了與生俱來的權利，卻沒有同理心，不願讓你們得到平等的幸福，這讓你生氣。

最生氣的，莫過於你就沒有理直氣壯的理由去告訴你的母親，讓你的母親可以不再為你的將來擔心。甚至讓你的母親可以為你的將來獻上幸福。你也想要成家，你要他明白，家，是兩個相愛的人互相扶持共同歷經人生的喜怒哀樂。你會幸福的，但是你需要母親的祝福，你需要這個社會還你這個基本的人權。

每日來自反同的各種負面的批評與詆嶬的言論都讓你生氣不已。你們一票支持修法的朋友與你的另一半決定去參加反同的集會，你們要用和平與愛的方式，慢慢化解這些反對的聲浪，你相信真愛無敵，一定可以克服萬難。

可是你萬萬沒有想到，集會中不理性的群眾遠遠多出你的想像。你們雖然只是在集會外圍搖著彩虹旗呼籲婚姻平權的概念，沒想到竟遭到一堆不理性的群眾圍打，你的朋友們都被各自分開毆打，你當然也不例外，你被不知道多少人拳打腳踢，最後打到你失去知覺。

你以為你會就這樣死去。每一個痛徹心扉的重擊，都讓你回想起這一生所壓抑的各項羞辱，你在母親前不敢抬起頭的每個時刻，都比這些傷害更痛。你沒有後悔來這裡抗議，你知道如果你就此死去，或許你反而有了名正言順的方式讓你的母親知道你的一切。讓你的母親知道你這一生躲躲藏藏的無奈，就是來自這些社會的霸凌，就是來自不平等的待遇。你愛他，但是你多麼希望你的母親也可以無條件的愛你，愛你天生原來的樣子。

或許，死了反而痛快！你閃過這樣的念頭。你會化成遊魂，回到你母親的身邊，無怨無悔地陪伴他。到時候，你不再有任何擔心害怕。你的母親，也不需要再為你擔心。

死亡面前，人人平等。生而為人的眾多不公不義，在上帝的面前終將獲得平等對待。你渴望的愛，將不再有任何歧視。

❖ ❖ ❖ ❖ ❖ ❖

身體上不斷出現瘀青，終於也讓你開始有點擔心。你原本還嘲笑你的丈夫小題大做，竟然只因為身上一點小傷就要你去醫院檢查，那時候你真的以為那些瘀青一兩天就會消失。

「雖然你說不會痛，還是去醫院檢查看看吧！」你的丈夫實在無法忍受你身上出現這些傷。「檢查後知道沒事，也會比較心安啊！」

你認為有道理。不好意思地點頭同意。

你丈夫很快就打電話幫你安排了就醫檢查。短短幾天內，你就做了抽血以及X光的檢查等等，然後你們在家靜候結果。

「我覺得我們應該聊聊我的病情。」有天晚餐後，你主動開了口。

「好啊。不過一定不會有事的。反正兩天後就知道結果了。」

「萬一是絕症呢，我想聊聊我的後事。」你終於說出你的擔心。

「幹嘛嚇自己。都已經檢查了，不要胡思亂想。」你丈夫不喜歡你這種想太多的毛病。

「我知道。我只是覺得我們也都是成年人了，目前只有我們兩個相依為命，所以應該把生後事也聊聊。說清楚，反而不會害怕。」你想要理性面對，這是你說服自己的方法。

「那就說我們百年後要如何安排吧，你不會有事，一定會安享天年。」你忽然覺得你丈大比你成熟許多。

好吧。你同意他的說法。你隔了幾秒後開門見山地說，「我只要簡單的喪禮，遺體火化後，幫我把骨灰帶回台灣，我想要回去陪我父母。」

「好。我知道了。」你丈夫只說了這幾個字，沒再接話。

後來報告出來，檢查不出任何問題。你們稍微放心，但是醫生仍有些懷疑，所以幫你轉了精神科以及睡眠障礙科，你們雖然不清楚原因，也只能聽醫生的安排，畢竟你們還是希望可以找出答案。

雖然沒有之前的擔心，但是你心中仍有隱隱的不安。你覺得醫生一定查覺有異，否則不會幫你轉診。

接下來到再次看診的每一天你都在胡思亂想，就連瑜珈課都無法讓你靜下心來。你開始想像自己得了怪病，可能會讓你全身癱瘓，你會像母親一樣躺在病床上動彈不得，需要有人幫你翻身。

你晚上開始作惡夢，有幾晚甚至會嚇醒過來，全身冷汗直流。然後發現身上又多了好幾處的瘀青。你雖然感覺不到痛，但看著這些瘀青像是吸血水蛭吸附在你身上，讓你既噁心又害怕。隔天，你就通知你的學生們，你暫時不能上課了。你編了謊言，外出遠遊。你不敢對他們說你得了怪病。

你唯一慶幸的，是你前些日子已經對你丈夫交代好你的後事。你很開心他沒有反對。你原本擔心你死後沒有陪他，會讓他難過，你也知道這樣安排似乎不對，但是你真的掙扎了很久，你知道你這一生都很幸運地過著你想要的生活，找到你想要的對象，住在你想要的地方與環境，但是你知道死後，你不可以再繼續這麼自私，你要回到你的家鄉，回到父母的身邊，就算是遊魂，也要無怨無悔地陪在他們身邊。這是你唯一能做的事。

只有這樣，你才沒有對不起他們。

❖ ❖ ❖ ❖ ❖ ❖

昏迷幾次後，雖然都像沒事一樣清醒過來，不過，你心裡知道，你的日子所剩不多了。這也是你一直想要趕快回到台灣的原因。可是你的兒女們都不懂，似乎根本不在乎。

你已經不只一次告訴你兒子，你早就從黃曆上看到自己的命運，再加上身體愈來愈差，動不動就送急診，你知道這些都是過程，是為了即將到來的那天做預演而已。

可是你的兒女們就是聽不進去你說的話。都說你的身體很健康，怪你自己愛胡思亂想。你又生氣又無奈，你的身體你自己最清楚，你真的很怕你都準備好了，可是你的兒女們卻還沒有。到時候如果你身處上海，一定會讓他們手足無措，反而會更麻煩。

「上次昏迷的時候，是菩薩救了我。我有看到菩薩。」你吃完早餐後在陽台上曬著溫暖的陽光時，有感而發的告訴你大女兒這些事。

「您會沒事的，媽。」他總是這樣回應你。

「我自己知道我的身體。上一次菩薩是可憐我特別救了我。」你閉著眼感受著上海難得的溫暖的秋陽。

「那就好啊！您這麼潛心向佛，佛祖會保佑您的。」

「前幾晚，我夢到你爸爸了。他說準備好要來接我了。」你沉默了幾秒後說。

「您又胡思亂想了。」你猜得到你女兒一定會這樣說。

「是真的。他滿臉笑容看著我。說他在等我。」你沒有害怕，反而有種如同這陽光帶給你的溫暖感受。

「您會活到一百歲的。不用擔心。醫生都說您的身體很健康。」你的女兒還是很堅持。

「你們都不相信。我沒有擔心，我準備好了。」你儘量保持心平氣和。

「不要想這些，要開心過每一天。」

「所以要趕快安排我回台灣。」你不管你女兒說什麼，自顧自地說下去。「要不然到時候你們會很麻煩。」

「媽，您不要擔心啦！而且小妹不是說了嗎？他們正在找看護啊，只要找到了，他就會來帶您回去了。您就安心在這裡保養身體，等身體更好了再回去也不遲啊，您就算現在回台灣，看護也不可能像我這樣照顧您啊！還準備這麼多高級食材來幫您補身體……」

「我知道你很好。我是不想之後反而給你們添麻煩。」

「不會麻煩啦！就叫您不要胡思亂想了。」

其實你心裡真正想說的是，你很怕會客死異鄉，你會變成找不到家的遊魂，四處飄蕩無所依靠。你不想要這樣的結局。你一定要死在自己的家鄉，這樣你的鬼魂才可以陪在你丈夫身旁。他在等你，有他在，你才不會害怕。

你知道你欠他很多，你一定要回去陪他，這是你唯一能做的事了。

❖ ❖ ❖ ❖ ❖ ❖

成為遊魂後，最大的無力感就是你對他們的關心，他們再也感受不到了。即使看著你的雙親每天為你落淚，你也只能靜靜在他們身旁陪著哭泣。你知道你後悔已經來不及，你什麼都不能做了，你只能安靜地陪著他們，希望他們早日走出傷痛。

活著會變成一種煎熬，都是因為愛太深，因為無法遺忘。你看著你雙親如同行屍走肉般地生活，他們臉上不再有笑容，好幾次飯吃到一半，你母親就開始哭泣，你父親雖然坐在一旁，卻無力安慰，因為自己的傷痛也無法平復。

原來你生前自以為是的傷痛，與他們目前的感受相較之下，根本不值一提。你好希望你可以早點領悟到這些，這樣你就不會做傻事，你會變得更有智慧面對活著的一切喜怒哀樂。你於是閉上眼開始祈求，你希望回到過去，你希望可以再給你一次機會，你希望一切重來，你知道自己一定會更珍惜生命。

你想像著自己劃下的那一刀後，你就停了。你從床上坐起，雖然宿舍沒有準備紗布，你隨便折了兩張面紙壓在左手腕上，然後用透明膠帶固定。你用力地按著傷口，心裡想著，明天早上見到他的時候，你會給他祝福。你會告訴他，謝謝他曾經帶給你的美好時光。然後，你會打通電話回家，雖然你知道你一定會一聽到母親的聲音就會開始哭泣，但是你一定會告訴他，你很想他們，你要他們好好保重，你只要有休假就會回家去看他們。

你想像著好友雖然歷經多次失戀的痛苦，他終於還是找到了幸福。他遇到心中理想的對象，爭取到他應有的平等權利，然後勇敢地回家對母親坦白自己的一切，出乎意料地也得到他母親的祝福。當然你也祈求你遠嫁澳洲的好友身體健康，重新修好與母親的關係，然後真心愛自己，原諒自己。

你祈求人世間你關心的所有人都能不再受苦。你甚至發願，只要可以讓你重來，你會幫助世間癡情男女可以更輕鬆面對感情，你會盡力協助他們度過感情的難關，你會讓他們都得到他們渴望的愛情，你會幫助他們不必像你一樣受苦，你會讓他們了解感情只是生命的一部分，甚至可以微笑以對，不要太認真。

你祈求你只要一睜開眼，你就能再次見到他們，然後一切重來，即使生命中充滿各式的荒謬，你都能欣然接受。

你緩緩睜開雙眼，期待奇蹟發生……

❖ ❖ ❖ ❖ ❖ ❖

你期待的事，遲遲未能如願。這場戰爭失了控，你不知道是否還有明天。

你們跟隨著軍隊撤退到了韓國境內，兩條路讓你們選擇，一是留在韓國，在當地生活；一是跟著政府撤退到台灣，等待有天光復大陸。

這都不是你的選項，你要第三條路，你要回家。你做了這麼多努力，吃了這麼多的苦，這不是你要的結局，你祈求的只是平安回家。死了這麼多人，最後又怎樣？竟然連你這個微小的心願都無法達成，這是什麼荒謬的戰爭！你咬著牙忍耐著就是要活著回家，活著的意義不在他鄉，如果活著不能回家，你當初又為何要這麼痛苦的撐下去！

你不能接受只有這兩條路，很多的戰友們也都無法接受，於是你們集體向排長抗議，你們大聲提出你們要回家的渴望，有些人甚至喊到哭了。

排長一路照顧著你們大家，他其實怎會不懂大家的想法。他靜靜地聽著你們的發洩，其實自己心裡也是惶恐不安，但是他知道這時候他不能自己亂了陣腳，他知道大家都很害怕，他卻不能害怕，他必需要給你們安定的信心。他說，「我也想回家，兄弟們，還相信我嗎？」

大家靜了下來，隱約還有些許的啜泣聲。卻無人回話。

「還相信我嗎？兄弟們！」排長這次提高了音量。

「相信！」這次大部分的戰友們回話了。

「讓我帶你們一起打回去！好嗎！」排長的淚在眼眶打轉。

「好！」大家眼眶一同泛著淚，卻再次鼓足了氣。

「很好！我們就一起去台灣整裝待發，等大家都休養夠了！我們一起打回去！」

「好！」大家聲嘶力竭異口同聲。

這是最後一絲希望。你們相信還有機會。

你們沒有直接退到台灣，你們先到了金門。在金門，你們繼續抗戰著，幾乎每天都有砲彈落下，你們除了反擊，也不時地挖著各種坑道，這些準備都是為了一絲希望。即使坑道內粉塵煙霧漫漫，即使多日不見天日，即使全身痠痛不已，每個往前挖出一呎的坑道都像是幫你們回家的路向前推近一呎，縱然前方只有黑暗，你們仍願意相信坑道的盡頭，就是回家的方向。
這場戰爭不會太久，你們深信。只要繼續咬緊牙關，有朝一日一定可以重回家鄉。只要活著，活著就有希望。
然後你跟著軍隊撤退到基隆。反攻大陸的標語漸漸消失在各個角落，然後你退了役。然後你開始在碼頭做苦工養活自己，你依舊相信只要活著就有機會回家。
你沒想到有一天會在這個地方認識你的妻子，你也沒想到這個地方會成為你第二個家鄉。你當然更沒有想到，你朝思暮想的母親的笑臉，你始終未能再見。
你每天閉上眼，都期待奇蹟出現……

❖ ❖ ❖ ❖ ❖ ❖

你在醫院睜開雙眼時，你看見母親擔憂的眼神，你立刻知道大事不好了。你試圖想開口解釋，但是你母親阻止了你，要你好好休息，什麼話都不要說。你看著母親臉上擔憂的神情，鼻頭一酸，你就哭了。你母親以為你傷口痛，直問你哪裡不舒服，要不要找醫生過來？你搖搖頭，說不出話。
後來醫生巡房時將你的傷勢告訴你，說你斷了幾根肋骨，還有輕微的腦震盪等等。醫生說你算是不幸中的大幸，要你這幾個月都要好好靜養，不要再參加任何活動了。

「你很勇敢。可是要懂得保護自己喔！」醫生在離開前對你說。

大家都知道你發生了什麼事吧！你心裡想。

你有點心虛地問你母親是否知道你的那些朋友們的情況，你母親有點不悅地說，他們都沒有大礙，只是輕傷，只有你最嚴重。還說是你其中一個朋友打電話給他，他才知道你發生了這樣的大事。

「沒事就好。」你鬆了一口氣。

「什麼沒事？你這麼嚴重了，還說沒事？」你母親終於忍不住發火。

「對不起。」這是你一直想對他說的話，也是你此刻唯一想到的話。

「你為何要去參加那麼危險的事？」你母親終於問出你擔心的事。

「媽，我們必需要去爭取我們自己的權利。」你不敢看你母親的眼睛。

「什麼權利？什麼婚姻平權，關你什麼事？」

這一刻終於到了。你不得不面對。

「是我的事。媽。我想成家，我要有基本的平等人權。」你鼓足勇氣卻依舊想要委婉地說。

「什麼意思？你要結婚就找個女人結婚啊！我也一直在等啊！」

「媽，我沒有辦法找女人結婚，我喜歡的是男人。」你終於抬起頭看你的母親。「我是同性戀。」說這幾個字的時候，你的眼淚還是沒有忍住。

你母親呆住，瞪大雙眼看著你，說不出話。

你原本還想說些什麼，但是你母親不讓你有對他說話的機會，忽然轉身離開病房，留你一個人在病床上流淚。

幾個小時後，你母親回到病房，但是再也不與你談論這個話題。直到三天後你出院那天，他才丟下一句話，「等你願意變回正常人你才可以回家，不然就不要回家了。」然後失落地轉身離開。

你愣在醫院的大門口，難過地蹲下，抱頭痛哭了起來。

你沒有想到這一天真的到來。你沒有想到你母親真的無法接受你真實的樣貌。你好幾次都在夢裡得到母親的原諒，你一直期待不會是這樣的結果。

你失魂落魄地回到了台北的住處，你的他在家等你，因為你母親不讓你們見面，所以你們已經好幾天不見了。你一進門，他就將你擁入懷裡，關心地問你好嗎？你緊緊地抱著他，一直哭，一直哭。

雖然他不斷安慰你，也在接下來的日子裡盡心照顧你，不過你還是沒想到，當你提出你心中期待愛情的兩人世界時，你還是被他拒絕了。他無法丟下他的前任，你無法繼續接受四個人一起的生活。你們雖然爭吵，雖然落淚，依舊無法改變彼此的想法。

你為了愛，犧牲與放棄了這麼多，都走到這一步了，你覺得你值得更多，否則這一切的心酸都沒有意義。

你雖然不捨，還是自己搬了出去，重新一個人生活。

你雖然很想回家看看母親，但是他根本不想看到這樣的你。

你衷心祈求，有一天奇蹟會出現。

❖ ❖ ❖ ❖ ❖ ❖

經過反覆的檢查之後，醫生終於找出你身上瘀青的原因。原來你是在夜裡睡覺時會不自覺地用手掐自己，才會將自己身上捏出這麼多的瘀青。

醫生說你應該是太過焦慮才會不自主地這樣做。至於感覺不到痛，醫生認為是你心理因素，需要繼續做些心理治療。醫生提醒你要放鬆，不要給自己太大的壓力！然後開了一些放鬆神經的藥給你。

你不可置信，你覺得你已經盡可能讓自己放鬆了，你每天早上點著身心平衡的香氛精油打坐，下午不是瑜珈課程就是學做美食，這樣的日子還不夠放鬆？

你覺得醫生一定診斷錯誤！或者不敢告訴你實情。你應該是得到更嚴重的病，醫師們可能是束手無策，只好希望你盡可能快樂地度過剩下的日子。

你不想拆穿醫師們善意的謊言，你知道該怎麼辦了。

你表面上恢復日常生活，繼續幫學生們上瑜珈課，也每晚與你的丈夫有說有笑，甚至假日都會安排到郊外散步踏青。但是當你一個人獨處時，你就會開始安排你的後事，你查詢了一些相關資訊，並聯絡了當地的葬儀社，甚至預付了一筆訂金，並詳細交代了你想要的處理方式。然後簽訂合約記錄下所有的細節。

當然你也將遺書都寫好。遺書內清楚交代了你的遺產分配，儘管沒有太多東西，除了一些簡單的股票投資與保險資料，大多是針對你家中的個人物品，你詳細註明了如何分配給朋友或家人的方式。

接著，你還想對你的朋友及家人們說些話，所以你分別錄了好多影音檔，有給你的學生們，有給你遠在台灣的朋友們，有給你的丈夫，當然也有給你的母親。你盡可能以輕鬆的方式表達你的感覺，你不希望他們過於傷心，所以你在影片中的語氣一派輕鬆，甚至會說些笑話，你認為生死有命，大家只要好好珍惜每一天，這樣就沒有白活。

只有在給你丈夫與母親的影片中，你忍不住還是哭了。

你非常感謝你丈夫一路的照顧與扶持，雖然你知道你們其實比較像是家人而不是愛人，但是你也不在乎了，愛情中本來就有很多的樣貌，你還是非常感謝老天讓你遇到了他。這是你這一生最幸運的事。

給母親的影片中則是抱怨與道歉各半。你忍不住一開頭還是小小抱怨你母親對你的忽視，你覺得你母親比較重視與疼愛你的哥哥，你舉一些例子作證，不過立刻語氣一轉，你說你都能理解，甚至感謝你的母親讓你可以藉此成長很多。最後才是道歉。你很抱歉這麼多的日子沒有在身邊陪伴他，你知道自己很不孝，你說了很多次的對不起，也希望你母親在看到這段影片時可以原諒你。

光做這些安排就花了你好幾個月的時間。期間你還不斷修改與增加。有一天你丈夫很開心地跟你說，他發現你身上的瘀青不見了，你才注意到自己身體的變化。那些原本不斷增加或消不去的瘀青真的不見了。

這是奇蹟嗎？還是你已經病入膏肓？你既開心又害怕。

你衷心祈禱下次去醫院檢查時，可以得到好的消息。

❖ ❖ ❖ ❖ ❖ ❖

當你台灣的小女兒打電話給你，你以為你終於得到他要讓你回台灣的好消息，沒想到竟然是你兒子受傷的噩耗。雖然你女兒跟你說還好不是太嚴重，已經沒事在家休息了，你還是不能放心，你根本聽不進去他說的話，你只想盡快回到台灣，你想回去看看究竟怎麼了，尤其家裡都沒有別人，你要回去照顧你兒子。

「你自己脊椎的傷都還需要人照顧，你現在回台灣不是更麻煩嗎？」你女兒在電話中這樣說。

「我好的差不多了，現在比較不會痛了。」你立刻改口這樣告訴他。

「不會痛也要休養。當時醫生就有交代至少要三個月才會比較好。」你女兒還是很堅持。

「我都說好很多了。我回台灣也可以繼續休養啊！」你也很堅持。

「可是現在家裡沒有看護，弟弟要好好休息，根本沒有能力還得分身照顧你，所以如果你回來，只會讓大家更麻煩。」你女兒不客氣地說。

「那家裡又沒有人可以照顧他，怎麼辦？」你還是說出你的擔心。

「不會啦！我每天都會過去看他，順便會幫他準備食物。我只有他這個弟弟，當然會好好照顧他，你不用擔心。」

這些話讓你稍微安心。

「那你究竟什麼時候可以找到看護？」你乾脆換個方式問。

「我有找了，沒有這麼容易，你不要急。」你的女兒有點不耐煩。

可是你根本不管他，繼續說，「我也要趕快回去給醫生重新檢查啊！回診的時間也快要到了啊！」

「好啦！好啦！我會盡快找到啦！」然後你女兒就跟你說再見。

你掛了電話。開始擔心你兒子的傷勢。

雖然幾個月前出發到上海時，你還在生你兒子的氣，但是現在聽到他受傷了，你根本忘了生氣，只剩下擔心。

你回想著一個人在台北的家裡，只有看護陪伴的那些日子，雖然大多的時間都在等待你兒子下班後回家，雖然大多時間也都只是坐在沙發上盯著電視發呆或打瞌睡，但那是你的家，你一生擔憂與守護的都在那裡。

即使你什麼事都不能做，你還是要在。

你要回家，不再是擔心自己大限將近，你要回家陪你的兒子，你這一生都在做的事，你只想繼續做下去。

你拿起手上的佛珠，開始唸起經文。

「觀自在菩薩，行深般若波羅蜜多時。照見五蘊皆空……」

語言文學類　PG1782　SHOW小說17

孤寂的名字

作　　者／曹　文
責任編輯／林昕平
圖文排版／周好靜
封面設計／王嵩賀

發 行 人／宋政坤
法律顧問／毛國樑　律師
出版發行／秀威資訊科技股份有限公司
114台北市內湖區瑞光路76巷65號1樓
電話：+886-2-2796-3638　傳真：+886-2-2796-1377
http://www.showwe.com.tw
劃撥帳號／19563868　戶名：秀威資訊科技股份有限公司
讀者服務信箱：service@showwe.com.tw
展售門市／國家書店（松江門市）
104台北市中山區松江路209號1樓
電話：+886-2-2518-0207　傳真：+886-2-2518-0778
網路訂購／秀威網路書店：http://www.bodbooks.com.tw
國家網路書店：http://www.govbooks.com.tw

2017年6月　BOD一版
定價：230元

國家圖書館出版品預行編目

孤寂的名字 / 曹文著. -- 一版. -- 臺北市 : 秀威資訊科技, 2017.06
面； 公分. -- (語言文學類)(SHOW小說 ; 17)
BOD版
ISBN 978-986-326-434-7(平裝)

857.7 106007959

讀者回函卡

感謝您購買本書，為提升服務品質，請填妥以下資料，將讀者回函卡直接寄回或傳真本公司，收到您的寶貴意見後，我們會收藏記錄及檢討，謝謝！如您需要了解本公司最新出版書目、購書優惠或企劃活動，歡迎您上網查詢或下載相關資料：http:// www.showwe.com.tw

您購買的書名：______________________________

出生日期：________年________月________日

學歷：□高中（含）以下　□大專　□研究所（含）以上

職業：□製造業　□金融業　□資訊業　□軍警　□傳播業　□自由業

□服務業　□公務員　□教職　□學生　□家管　□其它______

購書地點：□網路書店　□實體書店　□書展　□郵購　□贈閱　□其他

您從何得知本書的消息？

□網路書店　□實體書店　□網路搜尋　□電子報　□書訊　□雜誌

□傳播媒體　□親友推薦　□網站推薦　□部落格　□其他__________

您對本書的評價：（請填代號　1.非常滿意　2.滿意　3.尚可　4.再改進）

封面設計____　版面編排____　內容____　文／譯筆____　價格____

讀完書後您覺得：

□很有收穫　□有收穫　□收穫不多　□沒收穫

對我們的建議：______________________________

____

____

____

請貼
郵票

11466
台北市內湖區瑞光路 76 巷 65 號 1 樓
秀威資訊科技股份有限公司 收
BOD 數位出版事業部

（請沿線對折寄回，謝謝！）

姓　　名：＿＿＿＿＿＿＿＿　年齡：＿＿＿＿　性別：□女　□男

郵遞區號：□□□□□

地　　址：＿＿＿＿＿＿＿＿＿＿＿＿＿＿＿＿

聯絡電話：(日)＿＿＿＿＿＿＿＿　(夜)＿＿＿＿＿＿＿＿

E-mail：＿＿＿＿＿＿＿＿＿＿＿＿＿＿＿＿